愿你

在转动的世界中，有自己不变的内在风格；

在世俗的花草中，有自己一片清朗的天地。

快乐无忧，这种无忧不是来自后世极乐的期待，而是今生生活的承担，是如实接受生活，要在今世，甚至此时此刻就无忧。

清玄小语

让人生无忧

林清玄 著

CNS 湖南文艺出版社
HUNAN LITERATURE AND ART PUBLISHING HOUSE

博集天卷
CS-BOOKY

图书在版编目（CIP）数据

让人生无忧 / 林清玄著 . —长沙：湖南文艺出版社，2018.1
ISBN 978-7-5404-8481-1

Ⅰ . ①让… Ⅱ . ①林… Ⅲ . ①散文集－中国－当代 Ⅳ . ① I267

中国版本图书馆 CIP 数据核字（2017）第 320252 号

著作权合同登记号：18-2017-201

上架建议：畅销书 | 文学

RANG RENSHENG WUYOU
让人生无忧

作　　者：林清玄
出 版 人：曾赛丰
责任编辑：薛　健　刘诗哲
监　　制：于向勇　秦　青
特约策划：小　麦
策划编辑：刘　毅
文字编辑：张　伟
版权支持：文赛峰
营销编辑：刘晓晨　罗　昕　刘　迪
封面设计：粉粉猫
版式设计：李　洁
封面插图：田旭桐
内文插图：田旭桐
出版发行：湖南文艺出版社
　　　　　（长沙市雨花区东二环一段 508 号　邮编：410014）
网　　址：www.hnwy.net
印　　刷：北京彩和坊印刷有限公司
经　　销：新华书店
开　　本：875mm×1270mm　1/32
字　　数：187 千字
印　　张：10.25
版　　次：2018 年 1 月第 1 版
印　　次：2018 年 1 月第 1 次印刷
书　　号：ISBN 978-7-5404-8481-1
定　　价：52.00 元

若有质量问题，请致电质量监督电话：010-59096394
团购电话：010-59320018

让
人
生
无
忧

让
人
生
无
忧

目录

CONTENTS ——

第一辑 无风絮自飞

我们若想穿透像『不雨花犹落，无风絮自飞』『山花开似锦，涧水湛如蓝』『掬水月在手，弄花香满衣』等等优美的意境，找到会悟的禅心，就非得把自己当成是自然中的一片落花、一道流水、一座山峰，乃至一阵风、一株草、一点露，不能得致。

第二辑

独饮生命苦水

没有结论正是我的结论！许多曾受过情感折磨的人，他们有许多经验、方法，乃至智慧，告诉我们应该如何对待感情的失落。可是他们不能代我们受折磨，失恋到最后只还原到一个单纯的动作，就是让事情过去，自己独饮生命的苦水，并品出它的滋味！

第三辑

日日是好日

心性大如虚空，包含一切江月松风、雾露云霞，一切的横逆苦厄都是阴雨黄昏而已，对虚空有什么破坏呢？当我们有一个巨大的花园时，几朵玫瑰花的兴谢，又有什么相干呢？因为日日是好日，所以处处是福地，法法是善法，夜夜是清宵。

第四辑

弹性的生命

我们如果要回复生命的弹性，就要减少「外部自我」的负荷，放下许多不必要的欲望，那就像蛇把尾巴吐出来一样，等到尾巴完全吐出来，蛇就自由了。

外在自我一旦减到最轻，内在自我就得到革新、澄净，而显露了，仿佛是云彩散后，雪霁初晴的天空一样。

第五辑

幸福的开关

生命的幸福原来不在于人的环境、人的地位、人所能享受的物质，而在于人的心灵如何与生活对应。在生命里，人人都是有笑有泪；在生活中，人人都有幸福与忧恼，这是人间世界真实的相貌。

第六辑
总有群星在天上

屋里的小灯虽然熄灭了，但我不畏惧黑暗，因为，总有群星在天上。爱情虽然会带来悲伤，一如最美的玫瑰有刺，但我不畏惧玫瑰，因为，我有玫瑰园，我只欣赏，而不采摘。

第一辑

无风絮自飞

我们若想穿透像『不雨花犹落，无风絮自飞』『山花开似锦，涧水湛如蓝』『掬水月在手，弄花香满衣』『微风吹幽松，近听声愈好』等等优美的意境，找到会悟的禅心，就非得把自己当成是自然中的一片落花、一道流水、一座山峰，乃至一阵风、一株草、一点露，不能得致。

青山白发

让|人|生|无|忧

　　我在北莺公路上，刚进入山路的时候，发现道路左边蹿出来一丛丛苇芒，右边也蹿出了一丛丛苇芒。然后车子转进了迂回的山路，芒花竟像一种秋天的情绪，感染了整片山丘。有几座乔木稀少的小丘，也都蒙上了一片白。寒风从谷口吹来，苇上白色的芒花随着风飘摇了起来。

　　我忍不住下车，站在那整山的白芒花前。青色山脉是山的背景，那时的苇芒像是水墨画的留白，这留白的空间虽未多作着墨，却让人充满了联想，仿佛它给天地间多留了空间，我们可以顺着芒花的步迹往更远的天地走去。我站在苇芒花的中间，虽不能见到山的背面，也看不到那弯折的路之尽头，但我知道，顺着这飘动的白色寻去，山的背面是苇芒，路的尽头也是苇芒。

北莺公路是我常旅行的一条路。就在两星期前我曾路过这里，那时苇芒还只是山中的野草，芜杂地蔓生在道路两旁，我们完全不能感知它的美。仅仅两星期的时间，蔓生的野草吐出了心头的白，染满了山坡，顺势下望，可以看到大汉溪的两旁，那些没有耕种的田地，已经完全被白色占据了。好像这些白色的芒花不是慢慢开起的，而是在一夜之间怒放的。

在乡间，苇芒是最低贱的植物，但它的生命力特别强悍，一到秋天，它就成为山野中最美的景色了。有一年我在花盆里随意栽植一株苇芒。本来静静躺在花园一角，到秋末时它突然抽拔开花，使那些黄的、红的花全成了烘衬它的背景。那令我感觉，苇芒代表了自然的时序，它一生的精华就在秋天。有一次，我路过村落去探望郊区的朋友，在路旁拔了几株苇芒的长花送给朋友，他收到苇芒花时不禁感叹："竟然已是秋天了！"——苇芒给人季节的感受，胜过了春天的玫瑰。

站在满山的芒花里，我想起一位特立独行的和尚云门文偃。云门是禅宗里追求心灵自由的代表，有一次，一位和尚问他：

"如何是佛法大意？"

"春来草自青！"他说。

又有和尚问他：

"如何是诸佛出身处？"

"东山水上行！"他说。

在云门的眼中，佛法的大意与成佛的方法，其实就是一种自然，一种万物变化与成长的基本道理。透过这种自然的过程，我们既可以说，佛法大意是"春来草自青"，当然也可以说是"秋来苇自白"，它是自然心，也是平常心。

云门和尚的祖师爷德山宣鉴，自以为天下学问唯我知焉。他从四月一直向湖南走去，要向南方的禅师们挑战。好不容易到了澧阳崇信大师弘法的道场龙潭，不免心浮气傲地大叫："久闻龙潭大名，等到来了，才知道潭也没有，龙也没有！"但德山一看到龙潭风景优美，就住了下来。

有一天月黑风高，德山坐在寺前沉思佛法精义，忽然从黑暗中走出一个人影，那人正是崇信大师。崇信对他说："夜深了，何不回到温暖的房里休息？"德山说："回去的路太黑了！"崇信爱怜地说："我去给你点一盏灯，一盏光明之灯。"

不一会儿，崇信从寺中点来一盏灯。虽是一盏小灯，但也足以照亮了通往龙潭寺的小路。他交给德山说："拿去吧！这是光明的灯。"德山正伸手要接，崇信突然一口气吹熄了灯，一言不发。德山羞愧交加，猛然悟道，长跪不起。

德山所悟的道正是心灵之灯，是自然的生发，而不是外力的点燃。这种力量原本不限于灯，就像秋天里满山的芒花，它不必言语，就让人体会了天地，全是在时间的推演下自然生变——青山犹有白发的时候，人又怎会没有呢？

《金刚经》里说："过去心不可得，现在心不可得，未来心不可得。"为什么不可得呢？因为面对浩浩渺渺的自然，人的心念实在是无比细小，而且时刻变化，让我们无法知解人生与自然的本意。这种本意正是"春来草自青，秋来苇自白"，是宇宙时空的一种推演。

我读过一本《醉古堂剑扫》，其中有这样几句："深慨今世昏昏逐逐，无一日不醉，无一人不醉。趋名者醉于朝，趋利者醉于野，豪者醉于声色犬马，而天下竟为昏迷不醒之天下矣。安得一服清凉，人人解醒。"乃是因为人不能取寓自然，所以不能得人间的清凉。虽说不少智慧之士想要突破这种自然演变的藩篱，像明朝才子于孔兼引用洪应明的话在《菜根谭·题词》里说："天劳我以形，吾逸吾心以补之；天阨我以遇，吾亨吾道以通之。"想要找到一条补天通天的道路。可是，我们的心再飘逸，我们的道再高远，恐怕都无法让苇芒在春日里开花吧！

人面对自然、宇宙、时空的无奈，实在是无可奈何的事，豪放如李白，在《把酒问月》一诗中曾有一段淋漓的描写："今人不见古时月，今月曾经照古人。古人今人若流水，共看明月皆如此。唯愿当歌对酒时，月光长照金樽里。"真真写出了淡淡的感慨。人能与月同行，而月却古今辉映，人在月中仅是流水一般情境。同样的，人能在苇草白头之时感慨不已，可是年年苇草白头，而人事已非！

少年时代读《孔雀东南飞》，有几句至今仍不能忘："君当作磐石，妾当作蒲苇，蒲苇韧如丝，磐石无转移。"这是刘兰芝对丈夫表示永志不渝的誓词，竟用芦苇蒲草来做比喻，令人记忆鲜明，最后仍不免徘徊庭树下，自挂东南枝，殉情以殁；刘兰芝魂灵已远，不能知道她心中的苇草仍在南方的山头开放。

想到苇草种种，脑中突然浮起苏东坡的名句"青山一发是中原"，那青山远望只是一发，而在秋天的青山里，那情牵动心的一发却已在无意之中白了发梢。即使是中原，此刻也是白发满山了吧！

我离开那座开满芒花的丘陵，驱车往乡间走去，脑中全是在风中飘摇的芒花。这种念想竟使我微微颤抖起来，有一种越过山头的冲动。虽然心里明明知道山头可攀，而烙有青山白发影像的心头，却是遥遥难越了。

一九八三年十二月二十一日

无风絮自飞

在我们家乡有一句话，叫"菜瓜藤，肉豆须，分不清"，意思是丝瓜的藤蔓与肉豆的茎须一旦纠缠在一起，就是无法分辨的了。

因此，像兄弟分家产的时候，夫妻离婚的时候，有许多细节是无法处理的，老一辈的人就会说："菜瓜藤与肉豆须，分不清呀！"还有，当一个人有很多亲戚朋友，社会关系异常复杂的时候，也可以用这一句。以及一个人在过程中纠缠不清，甚至看不清结局之际，也可以用这一句来形容。

住在都市的人很难理解到这九个字的奥妙，因为他们没有机会看到丝瓜与肉豆藤须缠绵的样子。乡下人谈到人事难以厘清的真实情境，一提到这句话都会禁不住莞尔，因为丝瓜与肉豆在乡间是最平凡的植物，几乎家家都有种植。在我幼年时代，院子的棚架下就种了许多丝瓜和肉豆。看到它们纠结错综，常常会令我惊异，真的是肉眼难辨，现在回想起来，感觉到现代人复杂、难以厘清的人际关系，确实像这两种植物藤蔓的纠缠。想找到丝瓜与肉豆的根与果是不难的，但要分辨它们的藤蔓就非常困难了。

有一次我发了笨心，想要彻底地分辨两者的不同，把丝瓜和肉豆的茎叶都扯断了。父亲看见了觉得很好笑，就对我说："即使你能分辨这两株植物，又有什么意义呢？你只要在它们的根部浇水施肥，好好地照顾，让它们长大，等到丝瓜和肉豆长出来，摘下来吃就好了。丝瓜和肉豆都是种来食用的，不是种来分辨的呀！"

父亲的话给我很好的启示，在人生一切关系的对应上也是如此。一个人只要站稳脚跟，努力地向上生长，有时难免和别人纠缠，又有什么要紧呢？不失自己的立场与尊严，最后就会结出果实来。当果实结成的时候，一切的纠缠就都不重要了。

另外一个启示就是自然、万事万物都有其法则，依循着自然的发展，常常回头看看自己的脚跟，才是生命成长正常的态度。种什么样的因会结出什么样的果，这是必然的。丝瓜虽与肉豆无法分辨，但丝瓜是丝瓜，肉豆是肉豆，这是永远不会变的。我们能做的就是让丝瓜长出好的丝瓜，让肉豆结出肥硕的肉豆！

丝瓜是依自然之序而生长、结果，红花是这样红的，绿叶也是这样绿的，没有人能断绝自然而超越地活在世界上。此所以禅师说："不雨花犹落，无风絮自飞。"花与絮的飞落不必因为风雨，而是它已进入了生命的时序。

日本的道元禅师到中国习禅归国后，许多人问他学到了什么，他说："我已真正领悟到眼睛是横着长，鼻子是竖着长的道理，所以我空着手回来。"

听到的人无不大笑，但是立刻他们的笑声都冻结了，因为他们之中没有人知道为何鼻子竖着长而眼睛横着长。这使我们知道，禅心就是自然之心，没有经过人生庄严的历练，是无法领会其中的真谛呀！

让
人
生
无
忧

因为这绝望的爱情，我已经过了很长一段沮丧、疲倦，像行尸走肉一样的日子。

昨夜采访矿坑灾变回来，因疼惜生命的脆弱与无助，坐在床上不能入睡。清晨，当第一道阳光照入，我决定为那已经奄奄一息的爱情做最后的努力。我想，第一件该做的事是到我常去的花店买一束玫瑰花，要鹅黄色的，因为我的女朋友最喜欢黄色的玫瑰。

剃好胡子，勉强拍拍自己的胸膛说："振作起来！"

想想昨天在矿坑灾变后那些沉默、哀伤，但坚强的面孔，我出门了。

我往市场的花店走去，想到在一起五年的女朋友，竟为了一个其貌不扬、既没有情趣又没有才气的人而离开我，而我又为这样的女人去买玫瑰花，既心痛又心碎，既生气又悲哀得想流泪。

到了花店，一桶桶美艳的、生气昂扬的花正迎着朝阳开放。我找了半天，才找到放黄玫瑰的桶子，只剩下九朵，每一朵都垂头丧气的。

"真衰！人在倒霉的时候，想买的花都垂头丧气的。"我在心里咒骂。"老板！"我粗声地问，"还有没有黄玫瑰？"

老先生从屋里走出来，和气地说："没有了，只剩下你看见的那几朵啦！"

"这黄玫瑰头都垂下来了，我怎么买？"

"哦，这个容易。你去市场里逛逛，半个小时后回来，我保证给你一束新鲜的、有精神的黄玫瑰。"老板赔着笑，很有信心地说。

"好吧。"我虽然心里不信，但想到说不定他要从别的花店去调，也就转进市场去逛了。

心情沮丧时看见的市场简直是尸横遍野，那些被分解的动物尸体，使我更深刻地感受到这是一个悲苦的世界。小贩刀俎的声音，更使我的心烦乱。好不容易在市场里熬了半个小时，再转回花店时，老板已把一束元气饱满的黄玫瑰用紫色的丝带包好了，放在玻璃柜上。

我简直不敢相信自己的眼睛，说："这就是刚刚那一些黄玫瑰吗？"——它们垂头丧气的样子还映在我的眼前！

"是呀！就是刚刚那些黄玫瑰。"老板还是笑嘻嘻地说。

"你是怎么做到的？刚刚明明已经枯萎了呀！"我听到自己发出惊奇的声音。

花店老板说："这非常简单。刚刚这些玫瑰不是枯萎，只是缺水，我把它们整株泡在水里，才二十分钟，它们又全挺起胸膛了。"

"缺水？你不是把它们插在水桶里吗？怎么可能缺水呢？"

"少年仔，玫瑰花整株都要水呀！泡在水桶里的是它的根茎，它喝水就好像人的活动一样。人不能光吃饭，人还要用脑筋，要有思想、有智慧，才能活得抬头挺胸。玫瑰花的花朵也需要水。在田野里，它们有雨水、露水，但是剪下来后就很少人注意这一点了，很少有人再给花的头浇水。如果它的头垂下来，只要把整株泡在水里，它很快就恢复精神了。"

我听了非常感动，怔在原地：呀！原来人要活得抬头挺胸，需要更多的智慧，要常把干枯的头脑泡在冷静的智慧之水里。

当我告辞的时候，老板拍拍我的肩膀说："少年仔！要振作咧！"

这句话差点使我流泪走回家，原来他早就看清我是一朵即将枯萎的黄玫瑰。

回到家，我放了一缸水，把自己整个人浸在水里，体会着像黄玫瑰一样的境遇。起来后通身舒泰，我决定不把那束玫瑰送给离开我的女友了。

那一束黄玫瑰，每天都会被我整株泡一下水。花瓣一星期以后才凋落，是抬头挺胸凋谢的。

这是十几年前我写在笔记上的一件真实的事。从那一次以后，我就知道了一些买回来的花朵垂头丧气的秘密。最近找到这一段笔记，感触和当时一样深，更确实地体会到，人只要有细腻的心去体会万象万法，到处都有启发的智慧。在一朵花里，就能看到宇宙的庄严，看到美，看到不屈服的意志。

有一位花贩告诉我，几乎所有的白花都很香，愈是颜色艳丽的花愈是缺乏芬芳。他的结论是："人也是一样，愈朴素单纯的人，愈有内在的芳香。"

有一位花贩告诉我，夜来香其实在白天也很香，但是很少有人闻得到。他的结论是："因为白天人的心太浮了，闻不到夜来香的香气。如果一个人白天时心也很沉静，就会发现夜来香、桂花、七里香的香味，即使在酷热的中午也是香的。"

有一位花贩告诉我，清晨买莲花一定要挑那些盛开的。他的结论是："早上是莲花开放最好的时间，如果一朵莲花早上不开，可能中午和晚上都不会开了。我们看人也是一样，一个人在年轻的时候没有志气，中年或晚年是很难有志气的。"

有一位花贩告诉我，愈是昂贵的花愈容易凋谢，那是为了向买花的人说明："要珍惜青春呀！因为青春是最名贵的花！"

有一位花贩告诉我……

让我们来体会这有情世界的一切展现吧！当我们有大觉悟的心，甚至去体贴一朵黄玫瑰，以心印心，心心相印，我们就会知道，原来在最近最平凡的一切里，就有最深、最奇绝的智慧！

采更多雏菊

让人生无忧

不可以一朝风月，

昧却万古长空；

不可以万古长空，

不明一朝风月。

——善能禅师

有一个八十五岁的年老的女人被问道："如果你必须再来一次，你要怎么生活？"

那个老妇人说："如果我能够再活一次，下一次我一定对更少的事情采取严肃的态度。我一定要放松，我一定要使自己更柔软灵活，我一定敢去犯更多的错误，我一定要冒更多的险，我一定要做更多的旅行，我一定要爬更多的山、渡更多的河，我一定要吃更多的冰淇淋、吃更少的豆子……

"我是一个去每一个地方都要带温度计、热水瓶、雨衣和降落伞的人，如果我可以再来一次，我一定要比这一生携带更轻的装备旅行……

"我是一个每天、每小时都过得很明智、很理性的人，我只享受过某些片刻。如果我要再来一遍，我一定享受更多的片刻。我不要其他什么东西，只要尝试那些片刻，一个接一个，而不要每天都活在未来的几年之后。

"如果我必须再活一次，我一定要在初春就开始打赤脚，然后一直维持到深秋。我一定要跳更多的舞，我一定要坐更多的旋转木马，我一定要摘更多的雏菊。"

有人做了这样的评述："尽可能尽兴地去过这个片刻，不要太理智，因为太理智导致不正常。让一些疯狂存在你心里，那会给予你生命的热情，使生活更加充满朝气；让一些无理性一直存在，那会使你能够游戏，使你能够有看别人游戏的心情，那会帮你放松。一个理智的人完全停留在自己的头脑里，他没有办法从自己的头脑里出来，他生活在楼顶上。你要到处都能生活，这是你的家，楼顶上，很好！一楼，非常好！地下室，也很美！我要告诉这个年老的女人：'不要等到下一次，因为下一次永远不会来临，因为你会丧失前世的记忆，同样的事情又会再度发生。'"

我们在生活里通常会遇到类似的问题："如果你再活一次""如果再从头开始"……大部分人的经验都是充满遗憾的，希望下一生能够弥补（如果真有下一生的话），极乐世界或者天堂正因为这种弥补而得以形成。只有极少数人知道，下一世是渺茫的寄托，不如从此刻做起，这些人使我们知道世界上有更活泼的风景。我就认识好几位到了老年才立志做艺术家的人，我也认识几位七十岁才到小学上补校的老人。

最近，我遇到一位七十五岁的老人。他热爱旅行，他的朋友时常劝阻他，担心他会死在路上，他说："死在路上也是很好的事。"不久前，他到大陆旅行，生了一场大病，上吐下泻。别人又劝告他放弃旅行，他说："陌生的旅途，总有不可预料的事，在那里生病总比没去过好！"

每次看到这样用心生活在当下的人，都使我有甚深的感悟。

我们的生命是由许多片刻组成的，但是我们容易在青少年时代活在未来，在中老年时代沦陷于过去。真正融入片刻，天真无伪地生活的只有童年时代了。禅者的生活无他，只是保持每一片刻的融入罢了。活在当下，活在眼前，活在现成的世界。

因此，我们对生命如果还有未完成的期盼，此刻就要去融入它，不要寄望于渺茫的来生。活在一个又一个的片刻里，到死前都保有向前的姿势。只要完全融入一个纯粹天真的片刻，那也就够了。有很多人活在过去与未来的交错、预期、烦恼之中，从来没有进入过那个片刻呢！

我们来看修行者奥修关于片刻是怎么说的："你不要等到下次，抓住这个片刻，这是唯一存在的时间，没有其他时间。即便你是八十五岁，你也可以开始生活；当你八十五岁，你还会有什么损失呢？如果你春天打赤脚在沙滩上，如果你搜集雏菊，即使你死于那些事，也没什么不对。打赤脚死在沙滩上是正确的死法，为搜集雏菊而死是正确的死法，不管你是八十五岁或十五岁都没有关系，抓住这个片刻！"

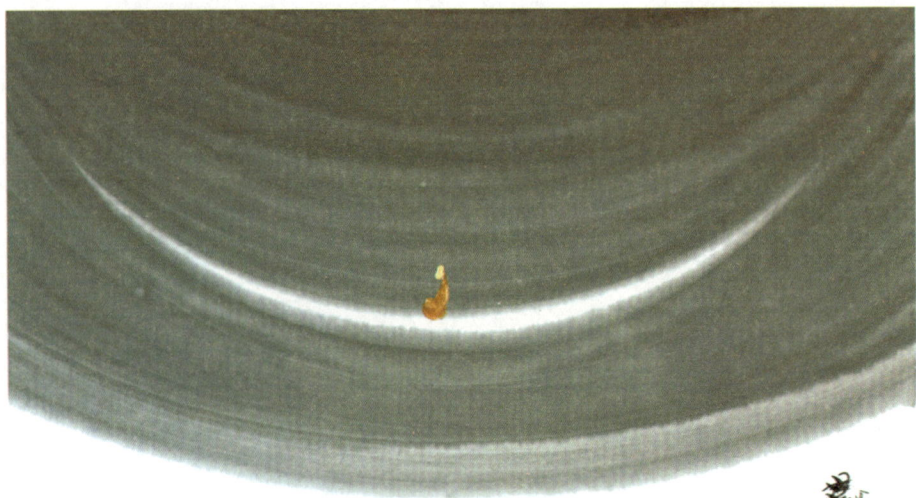

让
人
生
无
悦

死生昼夜，

水流花谢；

今日乃知，

鼻孔向下。

——憨山德清禅师

　　生而后有死，昼之后乃夜，河水必往前流，花开一定凋谢，甚至人生下来鼻孔朝下，这些都是自然不过的事。憨山大师的这首短偈，却使我们感觉到气派雄浑，不可一世，到底是为什么呢？原来最简单自然的事物，也有其庄严与自尊。

我们所说的"自然"，包括山河、草木、石头泥土、鸟兽虫鱼、日月星辰等等非人为的客观世界。人也是鸟、兽、虫、鱼的一种，所以人生活于自然之中，人不是人造的，而是自然生成的。当人能与自然相和谐，人就能真正了解自然，可以上体天心，下知大地，这时自然的一切就是人的一切，证知自然之理也就了悟了人生的大道。

可叹的是，人在面对自然时以为自己是统治者，就产生了人与自然、主观与客观、我与世界的对立，有对立就有执着，有执着就有欲望，有欲望就有敌意，有敌意就无法真正达到心灵的单纯、明净与和谐。禅者的悟就是在打破敌意、欲望、执着、对立的世界，融入于自然，同化于自然，使自己冰释于世界之中，也把世界纳入无私的怀袖。

我们可以说，如果我们不了解自然，就不能了解禅，我们若想穿透像"不雨花犹落，无风絮自飞""山花开似锦，涧水湛如蓝""默默与天语，默默与天行""掬水月在手，弄花香满衣""山河并大地，全露法王身""泣露千般草，吟风一样松""微风吹幽松，近听声愈好""无一物中无尽藏，有花有月有楼台"等等优美的意境，找到会悟的禅心，就非得把自己当成是自然中的一片落花、一道流水、一座山峰，乃至一阵风、一株草、一点露，不能得致。

在自然中生活的禅师，吃饭喝茶，挑水担柴，散步唱歌，打坐睡觉，日用而不知，正有如云水花树，做到无私无我，任凭风吹雨打而不转动。在自然中闻着花香，听鸟雀唱歌的禅师，他们得到了真正的自尊、自在、自由——像树一样自尊、水一样自在、云一样自由。

知道禅心的自然之道，我们再看憨山大师的诗会有更深的体会。憨山是明末最伟大的禅师，少年出家即深契自然之道。有一天，他揭帘立在阶前，忽然一阵风吹庭树，飞叶满空，则了无动相，他叹说："此旋岚偃岳而常静也。"后来再看，了无流相，他说："此江河竟注而不流也。"于是，去来生死之疑，从此冰释，写下文前所引的悟道偈。

憨山禅师不只资禀过人，修行的勇猛也异于常人，他的诗文有如心水流露，读之令人陶然忘机。他留下数十万言的《憨山大师梦游全集》，有明朝诗文难得一见的雄大风格与高迈气派，可惜很少人知，真是中国文学的一大损失。

我们再来看他写的一首《雪里梅花》，诗风直追汉唐：

雪里梅花初放，暗香深夜飞来。

正对寒灯独坐，忽将鼻孔冲开。

那冲开鼻孔的梅香，经过千回百转，依稀仍在！

珍惜一枝稻草

　　有一位很想成为富翁的青年，到处旅行流浪，辛苦地寻找着成为富翁的方法。几年过去了，他不但没有变成富翁，反而成为衣衫破烂的流浪汉。

　　最后，他想起了寺庙里的观世音菩萨。他知道菩萨无所不能、救苦救难，于是他就跑到庙里，向观世音菩萨祈愿，请求菩萨教他成为富翁的方法。

　　观世音菩萨被他的虔诚感动了，就教他说："要成为富翁很简单，你从这寺庙出去以后，要珍惜你遇到的每一件东西、每一个人。并且为你遇见的人着想，布施给他。这样，你很快就会成为富翁了。"

　　青年听了，心想这方法真简单，高兴得不得了，就告辞菩萨，手舞足蹈地走出庙门，一不小心竟踢到石头，绊倒在地上。当他爬起来的时候，发现手里粘了一枝稻草，正想随手把稻草去掉，猛然想起了观世音菩萨的话，便小心翼翼地拿着稻草向前走。

　　路上迎面飞来一只蜜蜂，他想起菩萨的话，就把蜜蜂绑在稻草上，继续往前走。

　　突然，他听见了小孩子号啕大哭的声音，走上前去，看见一位衣着华丽的妇人抱着一个正大哭大闹的小孩子，怎么哄骗也不能使他停止哭泣。当小孩看见青年手上绑着蜜蜂的稻草时，立即好奇地停止了哭泣。那人想起菩萨的话，就把稻草送给孩子，孩子高兴得笑起来。妇人非常感激，送给他三个橘子。

　　他拿着橘子继续上路，走了不久，看见一个布商蹲在地上喘气。他想起菩萨的话，走上前去问道："你为什么蹲在这里，有什么我可以帮忙吗？"布商说："我口渴呀！渴得连一步都走不动了。"

　　"那么，这些橘子送给你解渴吧！"他把三个橘子全部送给布商。布商吃了橘子，精神立刻振作起来。为了答谢他，布商送给他一匹上好的绸缎。

　　青年拿着绸缎往前走，看到一匹马病倒在地上，骑马的人正在那里一筹莫展。他就征求马主人的同意，用那匹上好的绸缎换了那匹病马，马主人非常高兴地答应了。

他跑到小河边提了一桶水来，给那匹马喝，细心地照顾它，没想到才一会儿，马就好起来了。原来马是因为太口渴才倒在路上。

青年继续骑马前进，正经过一家大宅院前面时，突然跑出来一个老人拦住他，向他请求："你这匹马，可不可以借我呢？"

他想起观世音菩萨的话，就从马上跳下来，说："好，就借给你吧！"

那老人说："我是这大屋子的主人，现在我有紧急的事要出远门。这样好了，等我回来还马时再重重地答谢你；如果我没有回来，这宅院和土地就送给你好了。你暂时住在这里，等我回来吧！"说完，就匆匆忙忙骑马走了。

青年在那座大庄院住了下来，等老人回来。没想到老人一去不回，他就成为庄院的主人，过着富裕的生活。这时他才悟到："呀！我找了许多年的成为富翁的方法，原来这样简单！"

这是一个日本童话，有着深刻的启示意义。生活在这世界上的大部分人，就像故事中的青年，都想成为富有的人。一般人想到有钱就会富有，层次高一点的人除了钱，希望精神上也能富有。

什么样的人才算富有呢？富有的标准不是财货的多寡，而是以能不能布施给别人来衡量的。能给出去的人才算富有，只能私藏为己用的人，即使家财万贯，也算作贫穷的人！

什么样的人才能布施呢？简单地说，就是"惜缘"的人。因为能珍惜每一个因缘，甚至不弃绝和我们擦身而过的人，才使我们能布施而没有一点遗憾，有遗憾就不能说是富有。

因此，真正通向富足的道路，不是堆积的财货，也不是对名利的追求，而是珍惜我们所遇到的每一件东西、每一个人，处处为人着想，布施给别人。

台湾有两句俗语，一句是"一枝草，一点露"，说明了人的福分是有限的，上天雨露均沾，强求也没有用。还有一句是"草籽枝也会绊倒人"，就是不要轻视小草，小草也能让我们跌伤的。反过来说，一枝草的因缘何尝不能帮助我们呢？

致富之道无它，惜缘、布施而已。惜缘使我们无憾，布施使我们成为真正富有的人。

独饮生命苦水

没有结论正是我的结论！许多曾受过情感折磨的人，他们有许多经验、方法，乃至智慧，告诉我们应该如何对待感情的失落。可是他们不能代我们受折磨，失恋到最后只还原到一个单纯的动作，就是让事情过去，自己独饮生命的苦水，并品出它的滋味！

星云大师退位的时候，许多人都为他离开佛光山而感到惋惜，他说了一段非常有智慧的话，他说：

"佛光山如果要说是属于我的，就是属于我的。因为大自然的一切，小如花草清风，大到山河大地，如果你认为是你的，它就是你的了。

"佛光山，如果要说不是属于我的，就不是属于我的。因为不要说佛光山这么大的园林，不能为个人拥有，即使是自己的身体也不是自己所拥有的。"

这两段话很有智慧，是由于大师真正彻悟地照见了人生的本质。人具有两种本质，一种是极为壮大开阔的，一种又是极端渺小和卑微的。在心念广大的时候，我们可以欣赏一切、涵容一切，可是比照起我们所能欣赏与涵容的事物，我们又显得太渺小了。

明了了这一层，一个人对事物的拥有是应该重新来认识的。我们常在心里想着："这是我的房子，这是我的车子，这是我的土地，这是我的财产……这个是我的，那个也是我的。"因为我们拥有了太多的东西，所以害怕失去，害怕失去才是痛苦的根源，所以有了拥有，就有了负担，就不能自在。

到了年老体衰的时候，一个人即使拥有许多东西，但不能享用，也就算失去了；最后两手一摊，不管放着什么宝贝的东西也握不住了。

在佛经里，所有娑婆世界的一切，都不是用来拥有的，而是用来舍的。一个人舍得下一切则是真正壮大，无牵无挂；拥有一切正是一个人沉沦苦痛的泉源。

我们是入世的凡夫，难以直趋其境，但我们可以训练一种拥有，就是在心灵上拥有，不在物欲上拥有；在精神上对一切好的东西能欣赏、能奉献、能爱，而不必把好的事物收藏，成为自己的专有。能如此，则能免于物欲上的奔逐，免于对事物的执迷，那么人生犹如宽袍大袖，清风飘飘，何忧之有？

清末才子王国维曾在《红楼梦评论》中说："濠上之鱼，庄、惠之所乐也，而渔父袭之以网罟；舞雩之木，孔、曾之所憩也，而樵者继之以斤斧。若物非有形，心无所住，则虽殉财之夫，贵私之子，宁有对曹霸、韩干之马，而计驰骋之乐，见毕宏、韦偃之松，而思栋梁之用，求好逑于雅典之偶，思税驾于金字之塔者哉？"

说得真是好极了！当人看到鱼只想到吃，看到树就想要砍，看到大画家画的马也想骑，画的松树只想到盖房子……那么这些人就永远不能拥有鱼的优游、树的雄伟、马的俊逸、松的高奇种种之美，则其所欲弥多，随之苦痛弥甚，还能体会什么真实的快乐呢？

一九八六年四月一日

一朵花

在晨光中
坦然开放
是多么从容!

在无风的午后
静静凋落
是多么镇定!

从盛放到凋谢

都一样温柔轻巧！

　　春天的午后，阳光晴好。我在书房里喝茶，看着远方阳光落在山林变化的颜色。

　　有一位年轻的朋友来访。开门的时候我吃了一惊，她原来娟好清朗的脸上，好像春天的花园突被狂风扫过，花朵落了一地那样，萧索狼藉。

　　我们对坐着，一句话还没有说，她已经泪流满面了，面对这样的情况我除了陪着心酸，总说不出什么话。在抬眼的时候，想起许多年前的一个午后，我去看另一位朋友，那人也是未语泪先流。

　　有时候，在别人的面影里我们会深刻地看见自己，那时，就会勾动我们久已隐忍的哀伤。

　　这几年，我的感受似乎有点不同了。当我看到人因为情感受创而落泪的时候，使我在心酸里有一种幽微的欣慰。想到在这冷漠无情的社会，每天耳闻的都是物质与感官的波澜，能听到有人为爱情而哭，在某一个层面，真是好事。

　　这样想的时候，听到悲哀的事，也不会在情绪上像少年时代那样容易波动了。

我和那位年轻朋友默默地对饮着我从屏东海岸带回来的港口茶。港口茶是一种很奇特的茶，它入口的时候又浓又苦，在喝第一杯的时候几乎很难去品味它，要喝了两三杯之后，才感觉到它有一种奥妙的舌香与喉韵，好像乐团里的男低音，或者是萨克斯，微微地在胸腔中流动。那时才知道，这在南方边地平凡的茶，有着玄远素朴的魅力。

_ 喝到苦处，才逐渐清凉

我和朋友谈起，我在二十岁的时候就喜欢喝茶，那时喜欢茉莉香片或菊花茶，因为看到花在茶杯中伸展，使我有着浪漫的联想。那时如果遇到了港口茶，大概是一口也喝不下去。

后来，我喜欢普洱，那是因为喜欢广东茶楼里那种价廉而热闹的情调。普洱又是最耐泡的，从浓黑一直喝到淡薄，总能泡十几回。

前些年，我开始爱喝乌龙，乌龙的水色是其他的茶所不及的，它的茶色金黄里还带一点蜜绿，香味也格外芳醇，特别是产在高山的冻顶乌龙、白毫乌龙、金萱乌龙，好像蕴含了山林里的云雾之气。这使我觉得人间因产了这样美好的茶，娑婆世界才被释迦牟尼佛说是净土的。

住在乡下的时候，我喜欢碧螺春和荔枝红，前者是淡泊中有幽远的气息，后者好像血一样，有着红尘中的凡思；前者是我最喜欢的绿茶，后者是我最喜爱的红茶。

近两年来，我常常喝生产在坪林山上的文山包种茶和沿着屏东海岸种植的港口茶，这两种茶都有一种"苦尽"之感，要品了几杯以后，滋味才缓缓地发散出来。最特别的是，它们有一种在沧桑苦难中冶炼过的风味，使我们喝到苦处，才感觉逐渐的清凉。

这有一点像是人生中心情的变化，朋友边喝港口茶，边听我谈起喝茶的感受。她的泪逐渐止住了，看着褪色的茶汤，她问我说："那么，你的结论是什么？"

"我没有结论！"我说，"对于情感、喝茶、人生等等，没有结论正是我的结论！"

那就像许多会喝茶的人都告诉我们，喝茶的方法、技巧、思想，及至于茶中的禅思等等。可是别人不能代我们喝茶，而喝茶到最后还原到一个单纯的动作，就是把水烧开，冲出茶汤，喝下去！

许多曾受过情感折磨的人，他们有许多经验、方法，乃至智慧，告诉我们应该如何对待感情的失落。可是他们不能代我们受折磨，失恋到最后只还原到一个单纯的动作，就是让事情过去，自己独饮生命的苦水，并品出它的滋味！

这苦瓜竟然没有变甜！

我很喜欢一则关于苦瓜的故事。

有一群弟子要出去朝圣。师父拿出一个苦瓜，对弟子们说："随身带着这个苦瓜，记得把它浸泡在每一条你们经过的圣河，并且把它带进你们所朝拜的圣殿，放在圣桌上供养，并朝拜它。"

弟子朝圣走过许多圣河圣殿，并依照师父的教言去做。

回来以后，他们把苦瓜交给师父，师父叫他们把苦瓜煮熟，当作晚餐。

晚餐的时候，师父吃了一口，然后语重心长地说："奇怪呀！泡过这么多圣水，进过这么多圣殿，这苦瓜竟然没有变甜。"

这真是一个动人的教化，苦瓜的本质是苦的，不会因圣水、圣殿而改变，情爱是苦的，由情爱产生的生命本质也是苦的，这一点即使是修行者也不可能改变，更何况是凡夫俗子！我们尝过情感与生命的大苦的人，并不能告诉别人失恋是该欢喜的事，因为它就是那么苦，这一层次是永不会变的，可是不吃苦瓜的人，永远不会知道苦瓜是苦的。"现在，你煮熟了这苦瓜，当你吃它的时候，你终于知道是苦的了。但第一口苦，第二、第三口就不会那么苦了！"当我说完了故事，我这样告诉朋友。

她苦笑着，好像正在品尝那只洗过圣水、进过圣殿的苦瓜的味道。

"当我们失恋的时候，如果有人告诉我们，生命里有比失恋更苦难的承受，我们真的很难相信，就像鱼缸的鱼不能想象海上的狂涛一样。等到我们经验了更多的沧桑巨变，再回来一看，失恋，真的没有什么。"我说。

朋友用犹带着红丝与水意的眼睛看着我，眼里有茫然的神色。对一位正落入陷阱的人来说，她是不太能相信世上还有更大的陷阱，因为在情感的陷阱底部，有着燃烧的火焰、严寒的冰刀、刺脚的长针，已经是够令人心神俱碎了。

我只好说："我再说一个故事给你听吧！"

_ 失恋，至少值得回味

有一个人去求助一位大师说："师父，请救救我，我快疯了，我的太太、孩子、亲戚全住在同一个房间，整天都在争吵吼叫谩骂，我的家简直是一座地狱。我快崩溃了，师父，请拯救我。"

大师说："我可以救你，不过你得先答应，不论我要求你做什么，你都切实地做到！"

那形容憔悴的人说："我发誓，我一定做到！"

大师说："好！你家里养了多少牲畜？"

"一头牛、一只羊，还有六只鸡。"那人说。

"很好，把它们全部带入你的屋内，然后一星期后再来见我。"

那人听了，心惊胆战，但他发过誓要听从师父的话，所以就把牲畜全部带进房子。

一星期后，他跑来见大师，容貌枯槁，用呻吟的声音说："一片肮脏、恶臭、吵闹、混乱，不只我不成人形，屋里的人也都快疯了。大师，现在怎么办？"

"回去吧！现在回去把牲畜都赶出去，明天再来见我。"大师说。

那人飞快地奔回家去。

第二天，当他回来见大师时，眼中充满了喜悦的光芒，欢喜地对大师说："呀！所有的牲畜都赶出去了。家里简直像个天堂，安静、清爽、干净，又充满了温馨，生活是多么美好呀！"

朋友听了这个故事，微微地笑了。

我们在生命过程中所遇到的挫折，使我们觉得自己是全世界最苦的人，那是因为我们还没有经验过更巨大的苦难，也因为我们不知道世上的别人，有许多拖着千斤重的脚走过火热水深、断崖鸿沟。

失恋，真是人生苦难里最易于跨越的，它几乎是人生的必然。

在生命里，有很多历程除了苦痛，没有别的感受。失恋，至少还值得回味，至少有凄凉之美，至少还令我们验证到情感的真实与虚幻。

"有很多事，只是苦，没有别的。与那些事比起来，失恋的真是极好了！"我加重语气地说。

我们聊着聊着，天就黑了。朋友要告辞，我送她一罐"港口茶"，她的表情已经平静很多了。

我说："好好地品味这港口茶吧！仔细地观照它，看看到最苦的时候会怎么样？"

＿ 我们的船还要继续前航

朋友走了以后，我独自坐着饮茶。看着被夜色染乌的天空，几粒微星，点点缀在天际，心中不免寒凉。想到人间情爱无常的折磨，从有星星的时候，人就开始了在情感中挣扎的历程，而即使世界粉碎成为微尘，人仍然要在情爱里走过漫漫长夜，在茫茫的旷野里痛苦。

我想到几天前读过杜牧与李商隐的诗，这两位都是我最喜欢的唐朝诗人，他们对失恋心情的描写，那样细致缠绵，犹如黑夜旷野中闪烁的泪，令人心碎。我选了几首，抄在纸上，准备寄给我的朋友：

落花（李商隐）

高阁客竟去，小园花乱飞。

参差连曲陌，迢递送斜晖。

肠断未忍扫，眼穿仍欲归。

芳心向春尽，所得是沾衣。

锦瑟（李商隐）

锦瑟无端五十弦，一弦一柱思华年。

庄生晓梦迷蝴蝶，望帝春心托杜鹃。

沧海月明珠有泪，蓝田日暖玉生烟。

此情可待成追忆，只是当时已惘然。

无题（李商隐）

飒飒东风细雨来，芙蓉塘外有轻雷。

金蟾啮锁烧香入，玉虎牵丝汲井回。

贾氏窥帘韩掾少，宓妃留枕魏王才。

春心莫共花争发，一寸相思一寸灰。

无题（李商隐）

相见时难别亦难，东风无力百花残。

春蚕到死丝方尽，蜡炬成灰泪始干。

晓镜但愁云鬓改，夜吟应觉月光寒。

蓬莱此去无多路，青鸟殷勤为探看。

赠别（杜牧）

多情却似总无情，唯觉尊前笑不成。

蜡烛有心还惜别，替人垂泪到天明。

金谷园（杜牧）

繁华事散逐香尘，流水无情草自春。

日暮东风怨啼鸟，落花犹似坠楼人。

秋夕（杜牧）

银烛秋光冷画屏，轻罗小扇扑流萤。

天阶夜色凉如水，坐看牵牛织女星。

我少年时代时常吟诵这些诗句，当时有着十分浪漫美丽的怀想，觉得能有深刻的情爱，实在是一种福分。近来重读，颇感人生的凄凉，才仿佛接近了诗人那冰心玉壶一样的心情：看到飞舞的落花为之肠断，听见琵琶流动的声音不禁惘然，东风吹来感到相思如灰，一寸一寸冷去，夜里的蜡烛仿佛替代我们垂泪，像春天的蚕子永不停止地缠绵吐丝，到死方休！

　　而那园里落下来的花，就好像我们从楼头坠下，心肝为之碎裂！秋天看着遥遥相隔的牵牛星与织女星，那样的冷，是永远不可能相会了！

　　情感的挫折与苦难是生命必然的悲情，可是谁想过：

　　落花飞舞之后，春天的新芽就要抽出！

　　蜡烛烧尽的时候，黎明的天光就要升起！

　　春蚕吐丝自缚的终极，是一只蛾的重生！

　　我们在这个世界上，有如一片叶子抽出、一朵花开放、一棵树生长，是一种自然的时序。春日的繁华、夏季的喧闹、秋野的庄严、冬天的肃杀，都轮流让我们经验着，以便生发我们的智慧。

　　来吧！让我们在最苦的时候，更深刻地回观我们的心灵世界，我们至少知道"港口茶"苦的滋味，我们一眼就能看见星星，这就值得感恩。

　　让锦瑟发声，让飞花落下，让春蚕吐丝，让蜡烛流泪，让时光的河流轻轻流过一些生命里的伤心渡口吧！

　　我们的船还要前航，扯起逆风的帆，在山水之间听听杜鹃鸟伤心的啼声，听久了，那啼声不觉也有超越的飞扬的尾音。

第二辑

独
饮
生
命
苦
水

把烦恼写在沙滩上

　　有一个中年人，年轻时追求的家庭、事业都有了基础，但是他却觉得生命空虚，感到彷徨而无奈，而且这种情况日渐严重，到后来不得不去看医生。

　　医生听完了他的陈述，说："我开几个处方给你试试！"于是开了四帖药放在药袋里，对他说："你明天九点钟以前独自到海边去，不要带报纸杂志，不要听广播。到了海边，分别在上午九点、中午十二点、下午三点和黄昏五点，依序各服用一帖药，你的病就可以治愈了。"

　　那位中年人半信半疑，但第二天还是依照医生的嘱咐来到海边，一走近海边，尤其在清晨，看到广大的海，心情为之清朗。

上午九点整，他打开第一帖药服用，里面没有药，只写了两个字"谛听"。他真的坐下来，谛听风的声音、海浪的声音，甚至听到自己心跳的节拍与大自然的节奏合在一起。他已经很多年没有如此安静地坐下来听，因此感觉到身心都得到了清洗。

到了中午，他打开第二个处方，上面写着"回忆"二字。他开始从谛听外界的声音转回来，回想起自己从童年到少年的无忧快乐，想到青年时期创业的艰困，想到父母的慈爱、兄弟朋友的友谊，生命的力量与热情重新从他的内在燃烧起来。

下午三点，他打开第三帖药，上面写着"检讨你的动机"。他清晰地想起早年创业的时候，为了服务人群而热诚地工作；等到事业有成了，则只顾赚钱，失去了经营事业的喜悦，为了自身利益，则失去了对别人的关怀。想到这里，他已深有所悟。

到了黄昏的时候，他打开最后的处方，上面写着"把烦恼写在沙滩上"。他走到离海最近的沙滩，写下"烦恼"两个字，一波海浪立即淹没了他的"烦恼"，洗得沙上一片平坦。

这个中年人在回家的路上再度恢复了生命的活力，他的空虚与彷徨也就治愈了。

这个故事是有一次深研禅学的郑石岩先生谈起的一个故事。我一直很喜欢这个故事，因为它在本质上有许多与禅相近的东西。

"谛听"就是"观照"，是专心地听闻外在的声音。其实，"谛听"就是"观世音"，观世音虽是菩萨的名字，但人人都具有观世音的本质，只要肯谛听，观世音的本质就会被开发出来。

"回忆"就是"静虑"，是禅最原始的意涵，也是反观自心的初步功夫。观世音菩萨有另一个名号叫"观自在"，一个人若不能清楚自己成长的历程，如何能观自在呢？

"检讨你的动机"，动机就是身口意的"意"，在佛教里叫作"初发"，意即"初发的心"。一个人如果能时时把握初心，主掌意念，就能随心所欲不逾矩了。

"把烦恼写在沙滩上"，这是禅者的关键，就是"放下"。我们的烦恼是来自执着，其实执着像是写在沙上的字，海水一冲就流走了。缘起性空才是一切的实相，能看到这一层，放下就没有那么难了。

禅并没有一定的形式与面貌，在用世的许多东西，都具有禅的一些特质，禅自然也不离开生活。如何深入生活中，得到崭新的悟，并有生命的投入，这是禅的风味。

有一个禅宗的故事这样说：一位禅师与弟子外出，看到狐狸在追兔子。

"依据古代的传说，大部分清醒的兔子可以逃掉狐狸，这一只也可以。"师父说。

"不可能！"弟子回答，"狐狸跑得比兔子快！"

"但兔子将会避开狐狸！"师父仍然坚持己见。"师父，您为什么如此肯定呢？""因为，狐狸是在追它的晚餐，兔子是在逃命！"师父说。

可叹息的是，大部分的人过日子就像狐狸追兔子，以致到了中年，筋疲力尽就放弃自己的晚餐。纵使有些人追到了晚餐，也会觉得花那么大的代价才追到一只兔子，感到懊丧。修行者的态度应该不是狐狸追兔子，而是兔子逃命，只有投入全副身心，向前奔驰飞跃，否则一个不留神，就会丧于狐口了。

在生命的"点"和"点"间，快如迅雷，没有一点空隙，甚至容不下思考，就有如兔子奔越逃命一样。我每想起这个禅的故事，就想到：兔子假如能逃过狐口，在喘息的时候，一定能见及生命的真意吧！

为现在，做点什么！

_1

有一天，我在敦化南路散步，突然有人从背后追上我。她一面喘着气，一面说："请问，你是林清玄吗？"

我说："是的。"

她很欢喜地说："我正想打电话到出版社找你，没想到就在路上遇见你。"

"你有什么事吗？"我说。

"我……"她欲言又止，接着鼓起勇气说，"我觉得，我还没有学佛时很快乐，现在生活过得很痛苦，不知道是不是自己出了问题？"

然后，我们沿着种满松香树的敦化南路散步，人声与车流在身边奔驰。有时我感觉这样看着不知从何处来、又要奔向何处的车流，总感觉是在看一个默片电影的段落，那样匆忙，又那样沉寂。

我身旁的中年女士向我倾诉着生活与学佛的冲突、挣扎与苦痛：

"我每天要做早晚功课，每次各诵经一个小时。为了做早晚功课，我不能接送小孩上下学，先生很不满意，认为我花太多的时间在这些没有意义的事情上面。

"我的小孩很喜欢热门音乐，可是我们家只有一套音响，如果我放来做早晚课，他们就不能听音乐，常因此发生争执，孩子也因此不信佛教，讲话时对佛菩萨很不礼貌，我听了更加痛苦。

"我的公婆、先生、小姑都信仰民间信仰，过年过节都要杀鸡宰鸭拜拜，我不能那样做，那样做就违背了我的信仰。如果不做，就要吵架，弄得鸡犬不宁。

"我很想度他们，可是他们因为排斥我，也排斥佛教，使我们之间不能沟通。林先生，你看我该怎么办？"

她说到后来，大概是触及伤心的地方，眼眶红了起来。

"你为什么要学佛呢？"我说。

她说："这个人生是苦海，我希望死后去西方极乐世界。"

"那么，你为什么要每天做早晚功课呢？"我又问。

"因为我觉得自己业障很重，所以必须做功课来忏悔过去世的业障。"她非常虔诚地说。

"你有没有想过，除了为过去和为未来打算，你也应该为现在做点什么呢？"

她立刻呆住了，张口结舌说不出话来。因为，确实，在她学佛的过程中，她完全没有想过"现在"这个问题。

我就告诉她："好好地对待先生，这是很好的功课！每天关怀孩子，接送他们上下学，这也是很好的功课！试着不与人争辩，随顺别人，也是很好的功课！甚至与孩子一起听热门音乐，使他们感受到母亲的爱，因而安全无畏，也是很好的功课！菩萨行的'布施''爱语''利行''同事'讲的就是这些呀！如果我们体验到'家家有本难念的经'，把自家里的那本经，读通、读熟了，体验真实的佛法就很简单了。"

"因为，家里的这一本经，和佛堂墙壁上的经，是一样深奥、不可思议呀！"

　　我看到她的眼睛从昏昧中明亮了起来，说："是呀！我怎么从来没有想过要为现在做一点什么呢？林先生，这里远东百货公司地下一楼有一家可颂坊咖啡厅，咖啡很好，我可以请你喝杯咖啡吗？你多给我讲讲。"

　　我们一起去可颂坊喝咖啡。我喜欢可颂坊的卡布奇诺咖啡，在鲜白的奶油上漂浮着枣红色的玉桂粉，一搅拌，香气就在四周流荡，特别是在秋日的午后，令人有温馨之感。

　　"你知道十二因缘吗？"我说。

　　"知道呀！"

　　"十二因缘就像我手上这个手表的刻度，我们来把它写上去。"

　　"这就是我们在生死中轮转的秘密！'无明'与'行'是我们过去世烦恼有情的两个因，我们是依这个'识'而投胎到此世界。我们投胎了，但处在混沌的状态，这叫'名色'。在母胎中，眼、耳、鼻、舌、身、意逐渐完备叫'六入'。出生以后，到两三岁时只有触感，叫'触'。四五岁到十四五岁时能感受这个世界，叫'受'。

　　"无明、行，是'过去世的二因'。

　　"识、名色、六入、触、受，是'现在世的五果'。

　　"什么是'爱'呢？十六七岁以后，爱欲的感觉日益强烈，是'爱'。

　　"因为有爱，就有贪求，想占有更多的东西，叫'取'。

　　"由'爱''取'才造出许多的业来，叫'有'。

　　"爱、取、有，是'现在世的三因'。这三因是我们未来投生的依据，因此是'生'，有生就有老、有死，就是'老死'。接着，再依序轮转一遍，又到了未来，再依无明、行去投胎。"

　　我很细心地把十二因缘说了一次，这使得气氛变得严肃了。

　　"表面上看，我们的生命是过去、现在、未来连成的一条直线，实际上是在同一个表面上旋转；因此，现在所经验的，可能过去也经验过，未来还要同样地经验无数次。我们无法知道从无明到受的实相，也管不了未来的生和老死。为现在做点什么，就是真实地来看我们的爱欲、我们的贪求和我们的业，这是我们每天都可以看见、感受并革新的呀！"

这位女士看着我的手表，突然"呀"了一声："我应该回去接小孩做晚饭了。"

我说："不是都由你先生接送的吗？"

"我现在知道了，要为现在做点什么！"她很开心地告辞了。

"如果有空，还是不要忘了佛堂的功课。如果能明白现在、此刻的真价值，做早晚功课才能有更深的发现。"

看她消失在楼梯口，我才想起还没有问她叫什么名字。

_3

我坐在咖啡座上品味着"现在"这两个神奇的字眼，"现"是"王见"，是"国王之见"，也正是最重要、最殊胜的见解。"在"是"我在"。

现在！——用一种最重要的见解来看清楚我的身心所处的境界，看见身心的一切起落，看见身心的如如。

这是多么真实而深切的体验呀！

过去，相信我们都造过许多无知的罪业，但那已不可追回了。

未来，相信也有一个美丽的新世界，但若我们连一碗饭、一杯茶的滋味都难以品味，怎么有把握去品味净土的美好呢？

我们回来看现在，这是"觉"，是回到佛法，因为佛法不是向过去或未来追求的，佛法本在，佛性本有，只是因为我们不觉、我们轻忽，所以才感到远了。

众鸟在林，不如一鸟在手；众水在海，不如掬水一捧。昨日的大宴，不能有助于今天的饥饿；今天的新衣，不能明日犹新。

我站起来，准备去接自己的孩子放学，这也是我每日的功课。

_4

在我很小很小的时候，我们家的院子很大，种了几棵老榕树、枣树和龙眼，孩子们轮流负责清扫院子里的落叶。

父亲教我们一个很好的清扫庭院的方法，就是清晨在以竹扫把扫地之前，先把每一棵树用力地摇一摇。他说："这样把明天要落下的叶子也摇下来，明天就省力多了。"

我们在扫地前，就先去摇树，但是很奇怪，不管多么用力地摇树，第二天依然有落叶。甚至在树刚摇过不久，一阵风来，叶子又落了。

这样摇啊摇，有一天，井旁一棵比较小的枣树竟被摇死了。

我在那时候就体验到，今天只要把地上的叶子扫干净就好了，因为明天一定有明天的叶子。

最重要的是扫地的那个过程，要仔细地、用心地扫，这样，即使院子里三日都能维持干净，而心里因为扫过地，也就感觉清爽了。

那落下的叶子在新扫过的竹痕上，反而显得清晰，甚至有一种随意之美。

在人生里落下的爱、取、有，看起来碍眼的叶片，也是如此，只要有能观照的眼睛，不也有美丽的一面吗?

为现在，做点什么吧!

为这短暂无常、飘忽不定的生命做点什么吧!

日日有觉、日日做清净的准备，就是最大的功课了。

> 一九九一年秋天
>
> 于台北永吉路客寓

让
人
生
无
忧

真正的桂冠

有一位年轻的女孩写信给我，说她本来是美术系的学生，最喜欢的事是背着画具到阳光下写生，希望画下人世间一切美的事物。寒假的时候她到一家工厂去打工，却把右手压折了。从此，她不能背画具到户外写生，不能再画画，甚至也放弃了学校的课业，顿觉生命失去了意义；她每天痛苦地把自己关在房间里，对任何事情都带着一种悲哀的情绪，最后她向我提出一个问题：她该怎么办？

这个问题使我困惑了很久，不知如何回答，也使我想起法国的侏儒大画家劳特累克（Toulouse Lautrec）。劳特累克出身贵族，小的时候聪明伶俐，极得宠爱，可惜他在幼时不小心绊倒，折断了左腿。几个月后，母亲带着他散步，他跌落阴沟，把右腿也折断了，从此，他腰部以下的发育完全停止，成为侏儒。

劳特累克的遭遇对他本人也许是个不幸，但对艺术却是不幸中的大幸，劳特累克的艺术是在他折断双腿以后才开始的，试问一下：劳特累克如果没有折断双腿，他会不会成为艺术史上的大画家呢？劳特累克说过："我的双腿如果和常人那样的话，我也不画画了。"可以说这是一个最好的回答。

从劳特累克遗留下来的作品中，我们可以看到，他对正在跳舞的女郎和奔跑中的马特别感兴趣，也留下许多佳作，这正是他心理上的补偿作用，借着绘画，他把想跳舞和想骑马的美梦投射在艺术上面。因此，劳特累克倘若完好如常人，恐怕今天我们也看不到舞蹈和奔马的名作了。

每次翻看劳特累克的画册，总使我想起他的身世来。我想到：生命真正的桂冠到底是什么呢？是做一个正常的人与草木同朽，还是在挫折之后，从灵魂的最深处出发而获得永恒的声名呢？这些问题没有单一的答案，答案就是在命运的摆布之中，在于是否能重塑自己，在于能否在灰烬中重生。

希腊神话中有两个性格完全不同的神，一个是理性的、智慧的、冷静的阿波罗，另一个是感性的、热烈的、冲动的狄俄尼索斯。他们似乎代表了生命中两种不同的气质，一种是热情浪漫，一种是冷静理智，两者在其中冲击而爆出闪亮的火光。

从社会的标准来看，我们都希望自己能做一个正常人，稳定、优雅、有自制力，希望每个人的性格和行为都像天使一样，可是这样的性格使大部分人都成为平凡的人，这样的行为缺乏伟大的野心和强烈的情感。一旦这种阿波罗性格的人受到激发、压迫、挫折，他们很可能就像火山爆发一样，在心底的狄俄尼索斯伸出头来，散发如倾盆大雨的狂野激情，他们艺术的原创力就在这种情况下生发。生活与命运的不如意正如一块磨刀石，使澎湃的才华愈磨愈锋利。

史上伟大的思想家大部分是阿波罗性格的，为我们留下了深远的生命刻绘，但是史上的艺术家则大部分是狄俄尼索斯性格的，为我们烙下了激情的生命证记。也许艺术家们都不能见容于当世，但是他们留下来的作品却使他们戴上了永恒的、真正的桂冠。

这种命运的线索有迹可循，有转折的余地。失去了双脚，还有两手；失去了右手，还有左手；失去了双目，还有清明的心灵；失去了生活凭借，还有美丽的梦想——只要生命不被消灭，一颗热烈的灵魂就有可能在最阴暗的墙角燃出耀目的光芒。

生命的途程就是一个惊人的国度，没有人能完全没有苦楚地度过一生。倘若一遇苦楚就怯场，一遭挫折就闭关斗室，那么，就永远不能将千水化为白练，永远不能合百音成为一歌，也就永远不能达到炉火纯青的境界。

　　如果你要戴真正的桂冠，就永远不能放弃人生的苦楚，这也许就是我对"她该怎么办？"的一个答案吧！

　　　　　　　　　　　　　　　一九八一年八月十二日

不封冻的井

让人生无忧

和一位朋友到一家店里叫了饮料，朋友喝了一口忍不住吃惊地赞叹起来："这是什么东西，这么好喝？"

"这是木瓜牛奶呀！"我比他更吃惊。

"木瓜牛奶是什么做的？"

"木瓜牛奶就是木瓜加牛奶，用果汁机打在一起做成的。"然后我试探地问："难道你没有喝过木瓜牛奶吗？"

"是呀！这是我第一次喝到木瓜牛奶。"朋友理直气壮地说。

真是不可思议的事，对我来说，一个人在台湾生活了三十年而没有喝过木瓜牛奶，就仿佛不是台湾人一样。对我的朋友来说，却是自然的，因为他是世家子弟，家教非常严格，从小的自由非常有限，甚至不准在外面用餐。当然，他们家三餐都有用人打理，出门有司机，叠被铺床都没有自己动过手，更别说洗衣拿扫把了。

到三十岁才有一点点自由，这自由也只是喝一杯路边的木瓜牛奶而已。

对生长在南台湾贫困乡村的我来说，朋友像是来自外太空的人，我们过去的生活几乎没有重叠的部分。在乡下，我们生活的每一分钱都是流汗流血奋斗的结果。小孩还没有到上学的年龄就要下田帮忙农事，大到推动一辆三轮板车，小至缝一枚掉了的扣子，都是六七岁时就要亲手去做的事。而小街边的食物便是我们快乐的源泉，像木瓜牛奶这么高级的东西不用说，能喝到杨桃水、绿豆汤已经谢天谢地，纵使是一支红糖冰棒，或一盘浇了香蕉油的刨冰，就能使我们快乐不置了。

有时候我们不免也会羡慕有钱人家的孩子，但当我们知道有钱人的孩子不能全身脱光到溪边游泳，或者下完课不能在田野的烂泥里玩杀刀的时候，我们都很同情有钱人的孩子。

在我们那个年代的农村里，孩子几乎没有任何物质的欲望，因为知道即使有物质欲望也不能获得，最后就完全舍弃了。无欲则刚，到后来我们即使赤着脚、穿破衣去上学，也充满了自信和快乐。

这其实没有什么秘诀，只是深信物质之外，还有一些能使我们快乐的事物不是来自物质。而且对这个世界保持微微喜悦的心情，知道在匮乏的生活里也能有丰满的快乐，便宜的食物也有好吃的味道，小环境里也有远大的梦想——这些卑中之尊、贱中之美、小中之大，乃至于丑中之美、坏中之好，都是凭微细喜悦的心情才能体会。

我深信，在夏天里坐在冷气房里喝冰镇莲子汤，远远比不上在田中流汗工作，然后在小路上灌一大碗好心人的"奉茶"来得让人快乐。奉茶不是舌头到喉管的美味，而是心情互相体贴而感到的欢喜。

在禅宗的《碧岩录》里有一个故事，德云禅师和一位痴圣人一起去担挑积雪，希望能把井口埋起来，引起了别人的讪笑。当然，雪无法把井口埋住是大家都知道的，德云禅师为什么要担雪埋井呢？他是启示了一个伟大的反面教化，这个教化是：只要你心底有一口泉涌的井，还怕会被寒冷的雪封埋吗？

不要羡慕别人门头没有雪，自己挖一口泉涌的井才是要紧的事。

"不封冻的井"是一个多么深邃的启示，它传达的是突破冷漠世界的挚情，是改变丑陋环境成为优美境地的心思，是短暂生命里不断有活力萌芽的救济。

心井永不封冻，就能使我们卓然不群，不随流俗与物欲转动了。

在路边自由地喝杯木瓜牛奶，滋味不见得会比人参汤逊色呀！

失恋之必要

　　这些年来，我时常思考到爱与恨的问题，因此收到你的来信让我感到特别心惊。你说到你连续谈了三场恋爱，被三个不同的男人抛弃，感受到每一次谈恋爱的感觉愈来愈淡薄，每一次被抛弃则愈来愈恨。

　　第一次失恋，你的感受是：真恨！真想报复他！

　　第二次，你更进一步谈道：我一定要想办法报复！

　　第三次的时候，你的心喷出这样的火焰：我要杀死他！

　　读了你的信，我在夜暗的庭院中再三徘徊，抬头看着远天的星星，月光如洗。呀！这世界原是这样的美好，为什么人的心中要充满恨意来生活呢？由于怀恨，我们的心眼昏眠，看不见世间一切的好，自然也看不到自己在这里面的角色了。

我们时常谈到爱恨，但很少人去深思爱恨的问题。我现在用佛经的观点来看看爱恨，在南传的《法句经》里，爱被分成四个转变，也就是四个层次：

一、亲爱——对他人的友情。

二、欲乐——对某一特定对象的爱情。

三、爱欲——建立于性关系的情爱。

四、渴爱——因过分执着以至于痴病的爱情。

这四个层次逐渐加深，也就逐渐产生了苦恼，因此经书上说了一首偈：

> 从爱生忧患，从爱生怖畏；
> 离爱无忧患，何处有怖畏？

苦恼生出恐惧，恐惧生出悲哀，悲哀再转为嗔恨。其实如果往前追溯，爱与恨是同一根源，好像手心与手背一样，所以佛陀说："爱可生爱，亦可生恨；恨能生恨，亦能生爱。"

什么是恨呢？经典里把忿和恨连在一起，说它们是五种障道的力量，也是十种小随烦恼的两种：忿，恨之意，对有情、非情产生愤怒之心。恨，于忿所缘之事，数数寻思，结怨不舍。五种障道之力是欺、怠、嗔、恨、怨，欺能障信，怠能障进，嗔能障念，恨能障定，怨能障慧。

那么，像忿、恨、恼、嫉、害则是以嗔为体，嗔与贪、痴合称为"三毒"，贪与痴加起来产生嗔，所以嗔是心的最大障碍，在《大智度论》里说："嗔恚其咎最深，三毒之中，无重此者；九十八使中，此为最坚；诸心病中，第一难治。"

好了，现在我们知道爱欲与嗔恨的本质是相通的，我们可以来思考一些有趣的问题，一是爱虽然能转为恨，却不一定会转为恨，也可以说，失恋会使一些人意志消沉、忿恨难平，却也能使另外一些人更懂得去爱，开发更广大的胸怀，不幸的是你属于前者。二是爱恨虽能束缚我们，但它只是心的感受，犹如波浪之于大海，其中并没有实体，是缘起缘灭罢了。可叹的是，大部分人不能随缘，反而缘起即住，爱的时候陷溺在爱里，恨的时候沉沦于恨中。

一般人在爱恨的时候很少有检验的精神，很少反观情绪的变化，因此就难以革新与创发。久而久之，爱恨遂成为一种模式。

"由爱生恨"是最固定的模式，我们从小就被教育了这种模式，我们在电视、小说、电影里学习到这种模式，在亲戚朋友身上感染这种模式。模式反映到真实生活里，就是我们在爱情失败时，随之而起的便是恨，没有一个例外。我把这种改变叫作"模式反应"，那有点像蚊子从我们眼前飞过，它不一定会伤害我们，但我们会下意识地举手去扑杀它一样。

如果不是"模式反应"，为什么千百万人失去爱的时候都反射出恨呢？那是不是人性的真实呢？我有一个朋友说过，欧洲人与美国人失恋，所带来的恨意就比中国人或日本人淡薄得多。大部分西方人在失恋、离婚之后都能与从前的伴侣做朋友，那是他们的模式反应，和我们不同。

为什么我要和大部分人一样，失恋就憎恨呢？可不可以做一个卓然的人，失恋也不恨呢？

失恋的恨，那是由于两个原因，一是认为失恋是坏事，二是我们沉沦于过去的觉受。

我曾经在笔记上写了两句话："为了爱，失恋是必要的；为了光明，黑暗是必要的。"

那就好像，如果我们不饥饿，就无法真正享受食物；如果我们不生病，就不知道健康的可贵；如果我们不年老，青春对我们就没有意义；如果我们要种莲花，没有烂泥巴是不行的……

失恋不是坏事，春天过了就是夏天，秋天过了就是冬天，这是必然的过程。我们热爱春秋，但并不能阻挡炎热或寒冷的来临；我们热爱莲花、玫瑰、金盏花、紫丁香，但我们不能使它不凋零。

我们不喜欢凋零，然而，凋零是一种必然。

不能让过去过去，不愿等待未来是人生最大的悲剧。其实，再怎么好的恋爱，每天都是不同的，我们甚至无法维持对一个人的爱，让它从早上到晚上都保有同一品质。也就是说，再好的爱都会失去，会成为过去式。

我们之所以为失恋烦恼，是因为我们不愿面对此刻、融入此刻，老是沉湎于过去。可叹的是沉湎于过去的人会失去生的乐趣、失去发现的乐趣、失去创造的可能、失去爱的能力。如果我们愿意走出来，就会发现就在此刻、就在门外，就有许多值得爱的人、许多值得爱的事物。

当然，不只是许多人值得爱，也有许多人等着爱我，只是我关在过去的枷锁里，他们没有机会来爱我吧！我要得到更好、更珍贵、更真实的爱，首先是使我的心得到自由。

看你满腹烦恼、满脸怨恨、满脑子报复之思，就是有这世界上最好的对象，也会被你错过了呀！

让我们一起来做一些创造性的工作，每天清晨起来，把昨天的爱恨全部放下，从零出发，对着镜子好好展现一个最美的笑靥吧！然后梳妆打扮（从心里的庄严开始），把自己最好的、最有魅力的那一面提起来，挺胸抬头走出门外，那才是今天的你、此刻的你，既然你认为自己是善良而美丽的，为什么不把善良和美丽表现出来呢?

如果是我，使我动心的异性，是那些有生机、有活力，能微笑走在风里的人，而不是怀忧丧志、满腹忿恨的人呀!

我说的这些都不是空话，而是我自己的体验，是我的开发与创造。说来你也许难以相信，我很感激那些从前抛弃过我的人，如果没有她们，就不会造就今天的我呀!

那些没有经过监狱的悲惨生活的人，不会懂得外面的世界是多么值得欢喜与感恩。你现在知道心灵监狱的悲惨，一旦你走了出来，就可以知道生命确实是值得欢舞和庆祝的。

不要哭了，不要恨了，当你停止哭泣与怀恨的那一刻，我在你的脸上看到春天的光辉，那时，你是多么美，像一朵金盏花在清晨的阳光下温柔地开放。

虽然我没有见过你，但我真的看见了你转化恨意之后，脸上流转的光辉。

严肃，是一种病

　　诺贝尔文学奖得主大江健三郎的作品以艰涩难读著称，但是他的个性却温和而幽默。他的生活明朗，作品沉郁，这两种完全不同的特质的交集，源于他有一个智力有缺陷的儿子大江光。

　　大江健三郎在青年时代就把文学作为人生的第一个壮志来追求，年轻时就受到日本文坛的瞩目。没想到三十一岁时生下第一个孩子大江光，是一个头盖骨不全的儿子。

　　根据大江健三郎的回忆，大江光是在广岛出生的。当时广岛正在举行反核大游行，健三郎怀着混乱的心情去参加游行。大会之后，一群原爆牺牲者的亲属，聚集在河边追悼死者，并为死去的人放河灯。他们把死者的名字写在灯笼上，让灯笼随水漂流。

怅望河水，被绝望的心情包围的健三郎，也为大江光放了一个河灯，随水流去。他在心里希望，自己的孩子就那样死去。

随后不久，大江健三郎去访问治疗放射病的医院。院长告诉他，医院里有一些年轻医生，由于触目所见都是求生不得、求死不能的病人，自己又不能为病人解除痛苦，终于积郁自杀，因而造成了身受痛苦的病人挣扎求生，身无病痛但过度严肃的医生反而自杀的荒谬情况。

大江健三郎听了后大有所悟，回东京后立刻请医生为大江光开刀，并立下第二个人生的壮志：与大江光共同活下去。

大江光虽智力有缺陷，又犯有严重的癫痫，但在父母亲细心的照护下，不只心灵澄明无染，还对音乐有超凡的才华。大江光出版过两张个人音乐专辑《大江光的音乐》《大江光之再》，引起日本乐坛的震撼，甚至被称为"日本古典乐坛的奇葩"。

在大江健三郎获得诺贝尔文学奖后的一场演讲会上，他对听众自嘲说："据说我儿子的音乐所以受到欢迎，是因为有催眠曲的效果。如果有人听了大江光的音乐还睡不着，就请看我的书吧！"

　　我读了大江健三郎的报道，心里突然浮起"严肃，是一种病"这句话。就像在治疗放射病的医院里自杀的医生一样，他们的严肃带给他们的伤害反而比辐射带给病人的严重得多。一个人对待生活过于严肃，甚至可以严重到失去生命的意趣呢！

　　最近在柏林影展获得最佳女主角奖的喜剧演员萧芳芳，她认为即使最严肃的题材也要有幽默感。她说："我对喜剧是情有独钟的，因为人生已经够苦了，能够带给别人欢乐，是一件好事。"

　　萧芳芳在实际生活中也饱受打击。她幼年丧父，少女时代经历过不顺利的婚姻，中年罹患了严重耳疾，即便在得奖的时刻还照顾着患了老年痴呆症的母亲。

　　虽然生命有这么多的历练，但是萧芳芳的幽默感，使她保有充沛的创造力，总是那么可亲、喜悦、优雅，远非只靠美貌的女星可比。

　　当今之世最长寿的人为法国女子尚妮·加蒙，最近度过了她一百二十岁的生日。路透社的记者问她长寿的秘诀，她说："常保笑容，我认为这是我长寿的要诀，我要在笑中去世，这是我的计划之一。"

　　她对疾病、压力、沮丧有绝佳的抵抗力，对每件事都感兴趣但又不过于热衷，一直到一百二十岁，还保持极佳的幽默感，既乐天，又喜欢开玩笑。她说："我总共只有一条皱纹，而我就坐在它上面。""我对凡事都感兴趣。""上帝已忘了我的存在，他还不急着见我，他知我甚深。"

能一直轻松喜乐地活到一百二十岁，真是幸福的事。想一想，有许多人才二十岁就活得很不耐烦了呢！

听说日本这几年兴起一种补习班，叫作"微笑补习班"。许多人都缴费去学习微笑，因为在现代社会，人们早就忘记该怎么欢笑了。

微笑还需要补习，其中实有深意，因为微笑人人都会，但许多人都留在"技术层面"，有的是"皮笑肉不笑"，有的是"肉笑心不笑"，如果要"从心笑起"，就需要学习了。

想要"从心笑起"，大概要具备几个基本的素质：一是游戏的心情；二是包容的胸怀；三是幽默的态度。

没有游戏的心情，就会对苦乐过于执着，对成败过于挂怀，便难以在苦中作乐，品尝生命的真味。

没有包容的胸怀，就会思想僵化、不能容纳异见，难以接受批评，把别人视为寇仇，处处设限，也就难以日日欢喜了。

没有幽默的态度，就不懂得自嘲，不知甘于平凡，也不会对世事一笑置之，就会常画地自限，想不开了。

严肃，真的是一种病，那些外表严肃、内心充满怨恨的人，是生病了。那些以自我为中心、不能轻松的人，是生病了。那些执着于财势名位、不能放下的人，也是生病了。

如果严肃真的是一种病，现代人大部分是生病了，只是轻重缓急的不同罢了。

我们应该认识这种病，革除这种病，让我们懂得笑、懂得游戏、懂得包容、懂得轻松和幽默。

每天早晨，和我们会面的熟人真情一笑，和我们错身而过的陌生人点头微笑，或者，拯救社会就是从这里做起呢！

人生已经够苦了，能够带给别人欢乐，是一件好事。

第三辑

日日是好日

心性大如虚空，包含一切江月松风、雾露云霞，一切的横逆苦厄都是阴雨黄昏而已，对虚空有什么破坏呢？当我们有一个巨大的花园时，几朵玫瑰花的兴谢，又有什么相干呢？因为日日是好日，所以处处是福地，法法是善法，夜夜是清宵。

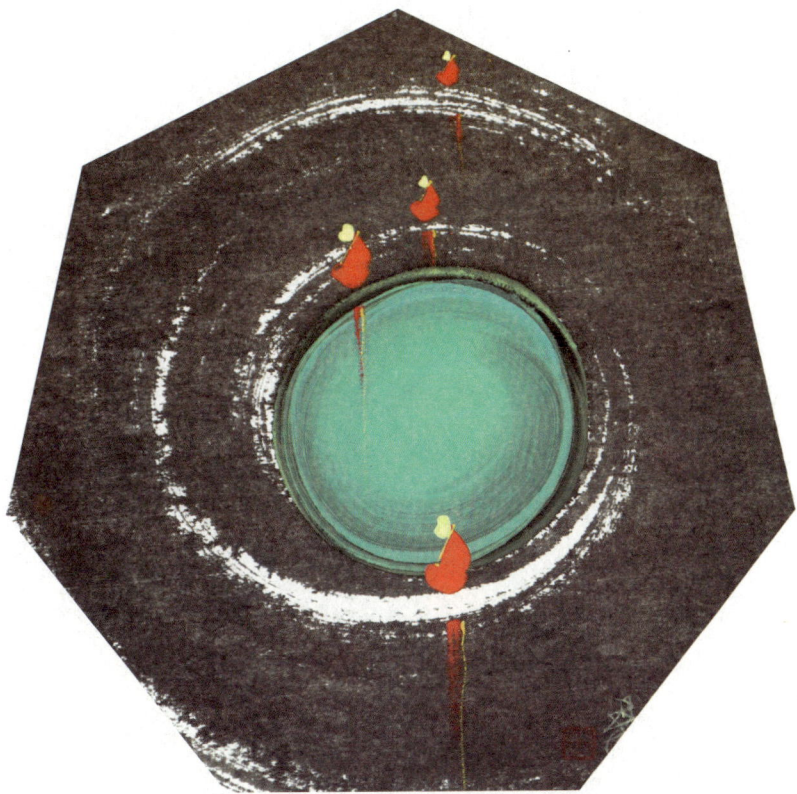

咸也好，淡也好

　　一个青年为着情感离别的苦痛来向我倾诉，气息哀怨，令人动容。等他说完，我说："人生里有离别是好事呀！"他茫然地望着我。

　　我说："如果没有离别，人就不能真正珍惜相聚的时刻。如果没有离别，人间就再也没有重逢的喜悦。离别从这个层面看，是好的。"

　　我们总是认为相聚是幸福的，离别便不免哀伤。但这种幸福是比较而来，若没有哀伤做衬托，也就不能体会幸福的滋味了。

再从深一点的层面来思考，这世间有许多的"怨憎会"，在相聚时感到重大痛苦的人比比皆是，如果没有离别这件好事，他们不是要永受折磨，永远沉沦于恨海之中吗？

幸好，人生有离别。

因相聚而幸福的人，离别是好，使那些相思的泪都化成甜美的水晶。

因相聚而痛苦的人，离别最好，雾散云消看见了开阔的蓝天。

因缘离散，对处在苦难中的人，有时候正是生命的期待与盼望。

聚与散、幸福与悲哀、失望与希望，假如我们愿意品尝，样样都有滋味，样样都是生命中不可或缺的。

高僧弘一大师，晚年把生活与修行统合起来，过着随遇而安的生活。有一天，他的老友夏丏尊来拜访他，吃饭时，他只配一道咸菜。夏丏尊不忍地问他："难道这咸菜不会太咸吗？""咸有咸的味道。"弘一大师回答道。吃完饭后，弘一大师倒了一杯白开水喝，夏丏尊又问："没有茶叶吗？怎么喝这平淡的开水？"弘一大师笑着说："开水虽淡，淡也有淡的味道。"

我觉得这个故事很能表达弘一大师的道风，夏丏尊因为和弘一大师是青年时代的好友，知道弘一大师在李叔同时代，有过歌舞繁华的日子，故有此问。弘一大师则早就超越咸淡的分别，这超越并不是没有味觉，而是真能品味咸菜的好滋味与开水的真清凉。

生命里的幸福是甜的，甜有甜的滋味。

情爱中的离别是咸的，咸有咸的滋味。

生活的平常是淡的，淡也有淡的滋味。

我对年轻人说："在人生里，我们只能随遇而安，来什么品味什么，有时候是没有能力选择的。就像我昨天在一个朋友家喝的好茶，今天虽不能再喝那么好的茶，但只要有茶喝就很好了。如果连茶也没有，喝开水也是很好的事呀！"

我很喜欢《楞严经》里的一个故事。

故事是说有一位月光童子，他在久远劫前曾经跟随水天佛修习水观，以进入正定三昧。

月光童子先观照自己身中的水性，从涕泪唾液，一直到津液精血、大小便利，这些在身内循环往复的水，性质都是一样的。然后知道了身体内部的水性与世界内外所有的水分，甚至香水大海等等都没有差别。逐渐地，月光童子成就了水观，能使身水融化为一，但还没有达到无身空性的最高境界。

有一天，月光童子在室内安禅，他的小弟子从窗外探视，只看见室中遍满清水，其他什么都没看见。小弟子不知道是师父坐禅，就拿了一片瓦砾丢到室内的清水里，扑通一声，以游戏的心情看了一会儿就离开了。

月光童子出定以后，觉得心里很痛，他想到："我已经证得阿罗汉很久了，早就与病痛无缘，为什么今天忽然生出心痛这样的疾病，难道是我的修行退步了吗？"正在疑虑的时候，小弟子来看他，说出了刚刚看见满室清水丢入瓦砾的事。

月光童子听了，对弟子说："以后我入定的时候，如果你再看见满室清水，就立即开门走进水中，除去瓦砾。"后来他入定的时候，弟子果然又看见水，那片瓦砾还清晰宛然留在水里。弟子走进去把瓦砾取出，丢掉了。月光童子出定后，感觉到身心泰然，恢复如初。

此后，月光童子跟随无数的佛学习，一直到遇见山海自在通王佛，才真正忘去身见，性合真空，与十方界诸香水海，无二无别。因此他认为修行水观法门，是求得圆满无上正觉的第一妙法。

这个故事出自《楞严经》卷五，原来是佛陀要二十五位修行得道的菩萨与弟子报告自己修行的过程与方法。每一位都不相同，月光童子就是从水观而得到成就的。

月光童子的水观修行甚深微妙，我们是很难体会的。不过，从凡人的角度来看，这故事给我们带来一些新的启示。我们走到林下水边，面对着澄潭清水或湛蓝汪洋，大部分人都可以自然得到安静的心境，并且感觉到身心得到清洗。反之，如果我们走到污浊的水沟边，或看到垃圾在河中奔窜，必然也使我们觉得身心受到污染。这不仅是感受问题，而且是我们身心中有水性，与外界水性的感应道交。

此外，我们也应该知道，自己和外界的关系十分密切，一个人如果有身体，即使他是修行很高的人，也容易受到隔空飞来瓦片的伤害。因为自己虽能心无片瓦，但这世界还是到处都飞动着瓦砾，当被瓦砾击中的时候，最好的方法就是立即开门把它取出。

明白了这个道理，就知道我们由于无知抛掷给别人的瓦片，或者只是毫无目的的游戏，都会造成别人乃至整个世界的伤害。而这世界的水性一气流通，别人所受的伤害，正是我们自己的伤害呀！

法性像清水一样，其实不难领会，在佛经里有许多开示，我们抄录几段来看："天下人心，如流水中有草木，各自流行，不相顾望。前者亦不顾后，后者亦不顾前，草木流行，各自如故。人心亦如是，一念来，一念去，亦如草木前后不相顾望。"（《忠心经》）"善男子！根清净故，色尘清净；色清净故，声尘清净；香、味、触、法，亦复如是。善男子！六尘清净故，地大清净；

地清净故，水大清净；火大、风大，亦复如是。"（《圆觉经》）"佛平等说，如一味雨。随众生性，所受不同，如彼草木，所禀各异。"（《法华经》）

说得最简明的，是《无量义经》说法品中的一段："善男子！法譬如水，能洗垢秽。若井若池，若江若河，溪渠大海，皆悉能洗诸有垢秽。其法水者亦复如是，能洗众生诸恼垢。善男子！水性是一，江河井池，溪渠大海，各各别异。其法性者亦复如是，能洗尘劳，等无差别，三法四果二道不一。"

知道菩提心水，就能了解使自己的内心清明是多么重要，对那些流过的草木就不要再顾惜了！对那些埋伏在我们心中的瓦砾就赶快取出吧！对那些被尘劳所封冻的身心赶快清洗吧！

佛陀在《百喻经》中说过一个故事，有一个人渡海时掉了一个银器，于是他就在海水中做记号，希望以后去取。经过两个月后，他到了别国，看到一条大河，水的性质与海水无异，他就跑到河水中去找他从前所画的记号。看到的人就问他原因，他说："我两个月前在海上丢掉银器，曾画水做记，本来所画的水和这里的水无异，所以来这里找。"大家就笑他："水虽不别，但你是在那里丢的，在这里怎么找得到呢？"

人生不也是如此吗？留在我们记忆中的艰辛苦厄，如烛火被吹灭的冷寂，被芦苇压伤的惨痛，舟船迷失时的恐慌。我们的情爱与热诚被践踏、被蹂躏、被背离、被折断的锥心刺骨，不都是落在海中的银器吗？现在我们到另外的国度，有另外的水，又何必让水中的记号来折磨我们！在清净心水里，瓦砾与银器也是一样的东西呀！

让
人
生
无
忧

白云守端禅师有一次与师父杨岐方会禅师对坐，杨岐问说："听说你从前的师父茶陵郁禅师大悟时说了一首偈，你还记得吗？"

"记得记得，那首偈是'我有明珠一颗，久被尘劳关锁；今朝尘尽光生，照破山河万朵'。"白云毕恭毕敬地说，不免有些得意。

杨岐听了，大笑数声，一言不发地走了。

白云怔坐在当场，不知道师父听了自己说的偈为什么大笑，心里非常愁闷，整天都思索着师父的笑，找不出任何足以令师父大笑的原因。那天晚上他辗转反侧，无法成眠，苦苦地参了一夜。第二天实在忍不住了，大清早就去请教师父："师父听到郁禅师的偈为什么大笑呢？"

杨岐禅师笑得更开心，对着眼眶因失眠而发黑的弟子说："原来你还比不上一个小丑，小丑不怕人笑，你却怕人笑！"白云听了，豁然开悟。

这真是个幽默的公案，参禅寻求自悟的禅师把自己的心思寄托在别人的一言一行上，因为别人的一言一行而苦恼，真的还不如小丑能笑骂由他，言行自在。那么了生脱死，见性成佛，哪里可以得致呢？

杨岐方会禅师在追随石霜慈明禅师时，也和白云遭遇了同样的问题。有一次他在山路上遇见石霜，故意挡住去路，问说："狭路相逢时如何？"石霜说："你且躲避，我要去那里去！"

又有一次，石霜上堂的时候，杨岐问道："'幽鸟语喃喃，辞云入乱峰时'如何？"石霜回答说："我行荒草里，汝又入深村。"

这些无不都在说明，禅心的体悟是绝对自我的，即使亲如师徒父子也无法同行。就好像人人家里都有宝藏，师父只能指出宝藏的珍贵，却无法把宝藏赠予。杨岐禅师曾留下禅语："心是根，法是尘，两种犹如镜上痕，痕垢尽除光始现，心法双亡性即真。"

人人都有一面镜子，镜子与镜子间虽可互相照映，却不能取代。若把自己的喜怒哀乐寄托在别人的喜怒哀乐上，就是永远在镜上抹痕，找不到可以让光明落脚的地方。

在实际的人生里也是如此，我们常常会因为别人的一个眼神、一句笑谈、一个动作而心不自安，甚至茶饭不思、睡不安枕；其实，这些眼神、笑谈、动作在很多时候都是没有意义的，我们之所以心为之动乱，只是由于我们在乎。万一双方都在乎，就会造成"狭路相逢"的局面了。

生活在风涛泪花里的我们，要做到不畏人言人笑，确实是非常不易的，那是因为我们在人我对应的生活中寻找依赖，另一方面则又在依赖中寻找自尊，偏偏依赖与自尊又充满了挣扎与矛盾，使我们不能彻底地有人格的统一。

我们时常在报纸的社会版上看到，甚至在生活在自己周遭的亲朋中遇见，许多自虐、自残、自杀的人，理由往往是："我伤害自己，是为了让他痛苦一辈子。"这个简单的理由造成了人间许多的悲剧。然而更大的悲剧是，当我们自残的时候，那个"他"还是活得很好，即使真能使他痛苦，他的痛苦也会在时空中抚平，反而我们自残的伤痕是一生一世也抹不掉。纵然情况完全合乎我们的预测，真使"他"一辈子痛苦，又于事何补呢？

可见，"我伤害自己，是为了让他痛苦一辈子"是多么天真无知的想法，因为别人的痛苦或快乐是由别人主宰，而不是由我主宰，为让别人痛苦而自我伤害，往往不一定使别人痛苦，却一定使自己落入不可自拔的深渊。反之，我的苦乐也应由我做主，若由别人主宰我的苦乐，那就蒙昧了心里的镜子，有如一个陀螺，因别人的绳索而转，转到力尽而止，如何对生命有智慧的观照呢？

认识自我、回归自我、反观自我、主掌自我，就成为开启智慧最重要的事。

小丑由于认识自我，不畏人笑，故能悲喜自在；成功者由于回归自我，可以不怕受伤，反败为胜；禅师由于反观自我如空明之镜，可以不染烟尘，直观世界。认识、回归、反观自我都是通向自己做主人的方法。

但自我的认识、回归、反观不是高傲的，也不是唯我独尊，而应该有包容的心与从容的生活。包容的心是知道即使没有我，世界一样会继续运行，时空也不会有一刻中断，这样可以让人谦卑。从容的生活是知道即使我再紧张、再迅速，也无法使地球停止一秒，那么何不以从容的态度来面对世界呢？唯有从容的生活才能让人自重。

佛教的经典与禅师的体悟，时常把心的状态称为"心水"，或"明镜"，这有甚深微妙之意。但"包容的心"与"从容的生活"

庶几近之，包容的心不正是柔软如心水，从容的生活不正是清明如镜吗？

水，可以以任何状态存在于世界，不管它被装在任何容器里，都会与容器处于和谐统一，但它不会因容器是方的就变成方的。它无须争辩，却永远不损伤自己的本质，永远可以回归到无碍的状态。心若能持平清净如水，装在圆的或方的容器，甚至在溪河大海之中，又有什么损伤呢？

水可以包容一切，也可以被一切包容，因为水性永远不二。

但如水的心，要保持在温暖的状态才可起用，心若寒冷，则结成冰，可以割裂皮肉，甚至冻结世界。心若燥热，则化成烟气消逝，不能再觅，甚至烫伤自己，世界沸腾。

如水的心保持在清净与平和的状态才有益，若化为大洪、巨瀑、狂浪，则会在汹涌中迷失自我，乃至伤害世界。

我们在现实生活中之所以会遭遇苦痛，正是因为我们无法认识心的实相，无法恒久保持温暖与平静。我们被炽烈的情绪燃烧时，就化成贪婪、嗔恨、愚痴的烟气，看不见自己的方向；我们被冷酷的情感冻结时，就凝成傲慢、怀疑、自怜的冰块，不能用来洗涤受伤的创口了。

禅的伟大正在这里，它不否定现实的一切冰冻、燃烧、澎湃，而是开启我们的本质，教导我们认识心水的实相，心水的如如之状，并保持这"第一义"的本质，不因现实的寒冷、人生的热恼、生活的波动，而忘失自我的温暖与清净。

镜，也是一样的。

一面清明的镜子，不论是最美丽的玫瑰花或是最丑陋的屎尿，都会显出清楚明确的样貌；不论是悠忽缥缈的白云或平静恒久的绿野，也都能自在扮演它的状态。

可是，如果镜子脏了，它照出的一切都是脏的，一旦镜子破碎了，它就完全失去觉照的功能。肮脏的镜子就好像品格低劣的人，所见到的世界都与他一样卑劣；破碎的镜子就如同心性狂乱的疯子，他见到的世界因自己的分裂而无法起用了。

禅的伟大也在这里，它并不教导我们把屎尿看成玫瑰花，而是教我们把屎尿看成屎尿，玫瑰看成玫瑰；它既不否定卑劣的人格，也不排斥狂乱的身心，而是教导卑劣者擦拭自我的尘埃，转成清明以及指引狂乱者回归自我，有完整的观照。

水与镜子是相似的东西，平静的水有镜子的功能，清明的镜子与水一样晶莹，水中之月与镜中之月不是同样的月之幻影吗？

禅心其实就在告诉我们，人间的一切喜乐我们要看清，生命的苦难我们也该承受，因为在终极之境，喜乐是映在镜中的微笑，苦难是水面偶尔飞过的鸟影。流过空中的鸟影令人怅然，镜里的笑痕令人回味，却只是偶然的一次投影呀！

唐朝的光宅慧忠禅师，因为修行甚深微妙，被唐肃宗迎入京都，待以师礼，朝野都尊敬为国师。

有一天，当朝的大臣鱼朝恩来拜见国师，问曰："何者是无明，无明从何时起？"

慧忠国师不客气地说："奴也解问佛法，岂非衰相今现？"

鱼朝恩从未受过这样的屈辱，立刻勃然变色，正要发作，国师说："即此是无明，无明从此起。"（这就是蒙蔽心性的无明，心性的蒙蔽就是这样开始的。）

鱼朝恩当即有省，从此对慧忠国师更为钦敬。

正是如此，任何一个外在因缘而使我们波动都是无明，如果能止息外在所带来的内心波动，则无明即止，心也就清明了。

大慧宗杲禅师也有一个类似的故事，有一天，一位将军来拜见他，对他说："等我回家把习气除尽了，再来随师父出家参禅。"

大慧禅师一言不发，只是微笑。

过了几天，将军果然又来拜见，说："师父，我已经除去习气，要来出家参禅了。"

大慧禅师说："缘何起得早，妻与他人眠。"（你怎么起得这么早，让妻子在家里和别人睡觉呢？）

将军大怒："何方僧秃子，焉敢乱开言！"

禅师大笑，说："你要出家参禅，还早呢！"

可见要做到真心体寂，哀乐不动，不为外境言语流转迁动是多么不易。

被外境迁动的我们就有如对着空中撒网，必然是空手而出，空手而回，只是感到人间徒然，空叹人心不古、世态炎凉罢了。禅师，以及他们留下的经典，都告诉我们本然的真性如澄水、如明镜、如月亮，我们几时见过大海被责骂而还口，明镜被称赞而欢喜，月亮被歌颂而改变呢？大海若能为人所动，就不会如此辽阔；明镜若能被人刺激，就不会这样干净；月亮若能随人而转，就不会那样温柔遍照了。

两袖一甩，清风明月；仰天一笑，快意平生；布履一双，山河自在；我有明珠一颗，照破山河万朵……这些都是禅师的境界，我们虽不能至，但心向往之，如果可以在生活中多留一些自己给自己，不要千丝万缕地被别人迁动，在觉性明朗的那一刻，或也能看见般若之花的开放。

历代禅师中最不修边幅，不在意别人眼目的就是寒山与拾得，寒山有一首诗说：

吾心似秋月，
碧潭清皎洁。
无物堪比伦，

明月为云所遮，我知明月犹在云层深处；碧潭在无声的黑夜中虽不能见，我知潭水仍清。那是由于我知道明月与碧潭平常的样子，在心的清明也是如此。

可叹的是，我要用什么语言才说得清楚呢？寒山大师在很久很久以前就有这样清澈动人的叹息了！

让
人
生
无
忧

从前有一位持戒僧，一生坚守戒律。有一天夜里在野外走，突然踩到东西觉得有破裂的声音，这位僧人心想：糟糕了！莫非是踩到一只怀孕的蛤蟆吗？不想还好，一想心中又惊又悔。

晚上睡觉的时候，他梦见一大群蛤蟆来向他讨命，整夜惊怖畏惧不能安稳。好不容易挨到天亮，他立刻跑去昨夜踩死蛤蟆的地方，没有看见蛤蟆，却见到一条破裂的茄子。

僧人当下疑情顿息，才知道三界无法，唯心所造，光是外在的守戒是不够的，应该反观自心修行。

这是龙门佛眼禅师讲给弟子听的故事，接着他给这个故事下了结论："只如夜间踏着时，为复是蛤蟆，为复是老茄？若是蛤蟆，天晓看是老茄；若是老茄，天未晓时又有蛤蟆索命。还断得吗？山僧试为诸人断看：蛤蟆情已脱，茄解尚犹存；要得无茄解，日午打黄昏。"

好一个日午打黄昏！

因为即使第二天天亮时看到茄子，也无法证明昨夜踏到的不是蛤蟆。到底是路上的茄子为真，还是梦中的蛤蟆为真？如果不脱除对蛤蟆的疑情，或执着于茄子的存在，要想得到解脱就像正午和黄昏打架，是不可能的。

蛤蟆与茄子的故事给我们提供了两个层次的思考，一是不论遇到任何外在变迁，反观自心是最重要的。若不能解开心的葛藤，则想蛤蟆就梦蛤蟆，见茄子则执茄子，都会成为修行的障碍，因此要从心做起。二是表现了禅宗"当下即是"的精神，这一刻的把握、这一刻的悟才是最重要的，不要落入上一刻的纠缠，不要在悼悔中过日子。万一真的踩到蛤蟆，也要当下忏悔回向、当下承担，否则如何得到真正的清净呢？

关于反观自心，佛眼禅师还做过一个比喻，说有一个人鼻头粘了一点粪，他起先不知道，闻到臭味时以为自己的衣服臭，嗅了衣服果然臭，他就换了新衣服。但不管他拿到什么东西，都以为是他拿的东西臭，不知道粪在自己的鼻子上。后来遇到一个有智慧的人告诉他，粪在鼻子上，他先是不信，试试用清水洗了鼻子，立即全无臭气，再嗅一切东西也都不臭了。

这是禅宗有名的"鼻头着粪"，佛眼禅师说："参禅亦然，不肯自休歇向己看者，下寻会解，那下寻会解、觅道理做计较，皆总不是。若肯回光就己看之，无所不了。"

关于当下承担，禅宗里有许多公案，例如南泉普愿禅师，因为他的弟子东西两堂争一只猫，他说："道得即救猫，道不得即斩。"他的弟子无言以对，他就把猫斩了。例如归宗智常禅师除草的时候，见到一条蛇立时把蛇斩了。例如丹霞天然禅师取佛像来烧，德山宣鉴禅师呵佛骂祖等等。

古来禅师这样的例子非常多，做这样的事在凡俗眼中是犯了不可原谅的大戒，但在证悟者的眼中却是最上乘境界，原因是他们都能当下承担、无所分别、契入法性。当然，这种行止，我们凡夫是不可学的，学了反增罪业，但我们应该知道有这样的境界。那是"苦瓠连根苦，甜瓜彻蒂甜"的境界；是"打破乾坤，当下心息"的境界；是"一击响玲珑，喧轰宇宙通"的境界；也就是"我有明珠一颗，久被尘劳关琐；今朝尘尽光生，照破山河万朵"的境界。

近代高僧月溪禅师曾说："十方三世佛及一切众生，修明心见性的法门只有三种：第一种是奢摩他，中国音叫寂静，就是说眼、耳、鼻、舌、身、意六根齐用，破无始无明见佛性。第二种的法门叫作三摩提，中国音叫作摄念，就是说六根的一根统领五根，破无始无明见佛性。第三种法门叫作禅那，中国音叫作静虑，就是说六根随便用哪一根破无始无明见佛性。"——不管我们用寂静、摄念或静虑来明心见性，都具有反观自心、当下承担的精神。

古代的祖师以自性比作洪炉，生死比作一点雪，自性中不着生死，如雪不能入燃烧的洪炉，对明心见性的人，生死如一点雪，那么这世界上还有什么蛤蟆与茄子的分别呢？

问题是，在这转动纷扰的世界，能寂静、摄念、静虑来面对自我的，又有几人呢？

佛经上说："三界无安，犹如火宅。"对禅者而言，火宅不在三界，而在自心。心的纷乱、纠缠、煎熬、燃烧，才是一切不安的根本，而三界的安顿也是心的安顿罢了。

但尽凡心

任性道遥，

随缘放旷。

但尽凡心，

无别圣解。

——天皇道悟禅师

　　龙潭崇信禅师本来是一个卖饼的人，少年时去拜见天皇道悟禅师。道悟看到他根器不凡又生活穷困，就把天皇寺旁的小屋免费借给他住。

　　崇信很感恩，每天都送十个饼来供养道悟。道悟总是很欢喜地接受，但每次都吃了九个饼，把一个饼还给崇信说："吾惠汝，以荫子孙。"（这是我送你的饼，希望你子孙繁盛。）

　　这样过了很久，崇信每天送十个饼，道悟每天都回赠一个饼。有一天，崇信起了疑情，自问道："饼是我持去，何反遗我？"于是跑去问道悟，道悟笑着说："是汝持来，复汝何咎？"（是你送来的饼，又送还给你，有什么错吗？）

　　崇信听了颇有所悟，当场就请求出家了。

　　崇信悟到了什么？道悟的教化又是什么呢？

　　道悟是悟道的人，他没有自他、人我的分别，所以把房子送给崇信住，又能欣然接受他的饼，并把饼送给崇信。崇信这时还不能破除人我的执着，直到师父为他点明，才打破了执着。

　　后来，龙潭崇信就服侍天皇道悟左右。经过很久，师父都没有为他开示禅道，他于是纳闷地问师父："某自到来，不蒙指示心要。"

　　道悟说："自汝到来，吾未尝不指汝心要。"

　　崇信说："何处指示？"

　　道悟说："汝擎茶来，吾为汝接。汝行食来，吾为汝受。汝和南时，吾便低首。何处不指示心要？"（你端茶来，我就接过来喝；你拿饭来，我就接过来吃；你礼拜时，我就低头答礼。

什么地方不是指示心要呢？）

崇信低头沉思良久，不明白师父的意思，道悟说："见则直下便见，拟思即差。"（知道当下就知道，一思考就差错了。）

崇信就这样开悟了，接着问师父："如何保任？"

道悟说："任性逍遥，随缘放旷，但尽凡心，无别圣解。"（任运自性逍遥地过日子，随着因缘放怀自在，只要平凡单纯的心，并没有别的更殊胜的事。）

我真喜欢天皇道悟教化弟子的方式，特别是"但尽凡心，无别圣解"。这是告诉我们最伟大的道是在最平凡的生活里，一个人要认识生活，如实地生活，而不是寻找一个建立在虚空中的禅道。

生活，便是一切；生活，便是禅心。

日本有一位仙崖禅师，也是有名的书法家。有一天，一个富翁去请他写一幅字，以便作为传家之宝，并希望禅师在字里祝福自己的家族兴旺。

仙崖禅师展开一张大纸，写道：

"父死，子死，孙死。"

那位富翁很生气，说："我请你写些祝福家族兴旺的话，你怎么开这种玩笑？"

"这不是开玩笑，"仙崖禅师说，"假如你的儿子在你之前死了，你会悲痛不已。如果你的孙子在你儿子前面死了，那么，你和你的儿子都会悲痛欲绝。假如你家的人一代一代照我写的秩序来死，就叫作享尽天年，我认为这是真正的兴旺。"

禅心也就是这样的吧！顺着因缘自然的秩序运转，"任性逍遥，随缘放旷"，有一个开朗的面对。

在生命的进程里，"当未来变成往事"一点也不可怕，因为这是自然的推演。但"当往事变成未来"就可悲了，往事一再重演，生死一再轮回，我们不断重复生命，为什么不能开悟呢？

那是因为，我们从未真正体验过生命本来的面目呀！

真正的超越不是精神训练的结果，而是一种轻松、平静、纯朴的凡心。禅者是使生活的每一刹那都有生命的火焰，是使饮茶吃饭都满含慈悲与温柔，是因他了透自性无限、圆满具足，而不再有任何执着，如是而已。

不曾一颗真

让 人 生 无 悦

铅泪结，如珠颗颗匀；

移时验，不曾一颗真。

——澹归和尚

　　这是明朝澹归和尚的一首词，一共只有十六个字，它可能是词里面最短的，也可能是词里境界最高的。题名为《咏泪》的这首词，译成白话的意思是，一个人的泪珠落下的时候，就好像铅熔化落下的珠粒，每一颗都是圆的，但是过一下子检验起来，没有一颗是真实的。

这样的境界就有点像《金刚经》里说的"过去心不可得，现在心不可得，未来心不可得"，或者"凡所有相，皆是虚妄"，甚至使我们想到《金刚经》里最动人的一首偈：

　　　　一切有为法，
　　　　如梦幻泡影。
　　　　如露亦如电，
　　　　应作如是观。

　　由小处看来，一滴泪虽是悲喜的呈现，但它是不真切的，只是一个情结的幻影。从大处着眼，人生的悲喜也是空幻的，乃至我们所能眼见与感受的世界，都是虚妄的表现。经过时间检验，都会变灭、消失。

　　一滴眼泪的形成，是悲喜因缘的"缘起"。

　　一滴眼泪的消失，是时空实相的"性空"。

　　一切的"缘起"，都通向了毕经的"空义"。

　　"缘起性空"不只是用以形容宇宙的变化法则，也是禅的中心思想。在禅心里，凡是眼睛、耳朵、鼻子、舌头、身体、意念所能触及的事物，都是缘聚则生，缘散则灭。禅是要透过这种因缘，开发出那能涵容一切的"空性"，也就是自性、佛性、法性。

禅里讲这种"缘起性空"的公案很多，仰山禅师初参性空禅师时，听见一位僧人问性空："什么是祖师西来意？"

性空说："如果有人跌落了千尺的深井，你不用绳子就可以救他上来的时候，我才告诉你。"

仰山听了，大惑不解。后来，仰山去参耽源禅师，谈到性空禅师的回答，就问耽源说："那井里的人，既然不用绳子，要怎样才能救上来呢？"

耽源笑了起来说："你这个糊涂虫！到底有谁在井里呢？"

仰山为之一愣，洞然明白。

因为，本来就没有人在井里，又何谈用什么绳子呢？

我们拿这个公案，再来对照青原行思问石头希迁的问题就更明白了。

青原问道："你是从曹溪六祖慧能那儿来的吗？那么，你去曹溪，得到了什么？"

石头说："我去曹溪之前，就没有缺少什么呀！"

青原又问："既然如此，那你去曹溪做什么呢？"

石头坦然地说："如果我不去曹溪，怎么能知道我本来就没有缺少什么呢？"

你看，石头说得多好，一切的缘起皆是在追求性空，但性空并不由外求得，性空是人原来就具有的。因而缘起性空正是一体的两面，性空是本质，缘起是现象，"性空"是禅之所以不可说的理由，"缘起"则是禅师留下那么多语录与公案的理由。悟到自性本空的禅师，可以坦然自在地看待缘起，未悟的人则可以因观照种种缘起，走入空性的道路。

我们再回来看仰山禅师，仰山悟后去追随沩山禅师。有一天，师徒两人在田埂上行走，沩山对仰山说："你看，这一块田，这边高，那边低。"

仰山说："不对，是这边低，那边高。"

沩山说："如果你不相信这边高的话，那我们一起站在田埂中间，往两边看看，到底是哪一边高。"

仰山说："不要站在中间，也不要只看两边。"

沩山说："那么，我们不要用眼睛看，我们用水平来量好了，因为再也没有一样东西比水平更平了。"

仰山说："水也没有一定的体性，水在高处是平的，水在低处也是平的。"

听到徒弟仰山如此说，沩山师父高兴地笑了。他赞叹仰山说："从今以后，再也没有人能奈何得了你了！"

我们生活在这个世界，因为相信因缘的起灭是真实的，总会预设一个标准来衡量人间世事。不幸的是，这个标准正是执着的根源，往往正好隔碍了真相，连水平都不能测量田地的高度，人又用什么标准来测量呢？心里有了标准，心里有了测量，心里有了比较，心里有了执着，都不能让我们走向圆融的道路。

圆融的道路，就是性空的道路。性空是一种光明、一种清净，是对因缘起灭的翻转，是对人生之镜的粉碎，是对善恶因缘的无染——因为再好的因缘也像用笔在镜子上写字，笔再好，字再美，用词再富丽，也会弄脏了镜子。

这不是说在人生里不能悲喜流泪，只是说，要看清每一滴泪，终是虚幻，不要执着呀！

江月照，松风吹，

永夜清宵何所为？

佛性戒珠心地印，

雾露云霞体上衣。

——永嘉玄觉禅师

　　打坐与参禅悟道之间的关系，向来是学习禅道的人关心的问题。有的人认为禅与坐没有关联，其中最有名的例子是六祖慧能与南岳怀让的见解。

薛简问六祖慧能："京城禅德皆云：'欲得会道，必须坐禅习定。若不因禅定而得解脱者，未之有也。'未审师所说法如何？"（在京城的禅宗大德都说："要悟道，必须打坐修习禅定，从来没有不经过禅定而能解脱的人。"不知道师父的看法怎么样？）

六祖说："道由心悟，岂在坐也？经云：'若言如来若坐若卧，是行邪道。'何故？无所从来，亦无所去。无生无灭，是如来清净禅。诸法空寂，是如来清净坐，究竟无证，岂况坐耶？"（悟道是在于心，岂是在坐呢？佛经上说："如果说如来是坐或卧的表象，这是走了邪道。"为什么呢？如来无所从来，也无所从去。不生不灭，才是如来的清净禅。诸法空明寂灭，是如来清净坐。究竟的开悟并没有表相的境界，何况是打坐呢？）

六祖慧能给我们一个超乎表相的见解，是说对于一切善恶之境不起心念，叫作"坐"，内见自性不动，叫作"禅"。而不是一个打坐的姿势，叫作禅。

这个观点，在南岳怀让教化弟子马祖道一时，有一个更浅显的开示。马祖初参怀让时，天天都在传法院里坐禅。怀让知道他是根器，就去问他说："你整天打坐是在求什么？"马祖说："求作佛。"

怀让于是取来一块砖，在他面前磨。有一天，马祖忍不住问：

"师父，您在做什么？"怀让说："磨来做镜子。"马祖说："磨砖怎么可能做镜子呢？"怀让说："那么，你坐禅怎么可能成佛呢？"后来，怀让讲了一段话，可以当作是禅宗对打坐的根本看法："汝学坐禅，为学坐佛？若学坐禅，禅非坐卧。若学坐佛，佛非定相。于无住法，不应取舍。汝若坐佛，即是杀佛，若执坐相，非达其理。"

禅不在坐卧之间，佛也没有一定的外相，可见开悟与打坐不是一个绝对的关系。如果打坐就能开悟，在外道法中有许多是打坐的，那么像道家、气功、瑜伽等等就与禅法无异了。

禅宗有"坐久成劳"的公案，意思是说禅者应该照顾眼前，见本来心性，而不要希望坐久了就能见道。《五灯会元》中记载长庆慧棱禅师："师如是往来雪峰、玄沙，二十年间坐破七个蒲团，不明以事。"长庆禅师跟随了当时两位大禅师雪峰义存和玄沙师备，二十年如一日地坐破七个蒲团，还不明悟道之事，想起来是令人感叹的。

禅道既然不在坐里，那么历来的祖师为什么都打坐呢？既然道不在坐，禅宗初祖达摩又为什么要在少林寺面壁九年呢？为什么要通过打坐而至"打成一片"呢？就像《无门关》里说的："久久纯熟，自然内外打成一片。如哑子得梦，只许自知。"甚至在《大般涅槃经》中还说："出家法系以坐禅为第一。"

可见，坐与禅虽然没有绝对关系，却是重要的相对关系，这相对关系的逻辑是：长久打坐的人不一定能悟道，悟道的人也不一定非打坐不可。但是，打坐是开悟的重要手段，大部分开悟者因精进的打坐而得以证道。

因此，想要悟道的人不能依赖打坐也不应该排斥打坐，像六祖慧能对薛简说"道不在坐"，是希望能破除北宗禅对打坐的执着；而怀让对马祖说"禅非坐卧"，那是因为马祖已经有很久、很稳固的打坐基础了，他这样说只是进一步的点醒罢了。如果一个从来没有禅定经验的人学舌说"道不在坐""禅非坐卧"，那只是鹦鹉学人，引人失笑罢了。

坐禅经过长久的时间发展，已经非常完备了。大致上佛法的坐禅有数息、不净、慈心、因缘、念佛、四无量等等观法，每一种方法都非常好。当然，坐禅除了成道的目的，在修行的过程中也有很多的功德。近代的许多研究，证明了从精神、身体、医学各方面，坐禅都是非常有益的。

其实，这种观点在唐代之前就非常完备，智者大师的《修习止观坐禅法要》就说明坐禅的十种利益：具缘、呵欲、弃盖、调和、方便、正修、善发、觉魔、治病、证果。简单来说，坐禅可以让我们证果，在证果的过程中，可以令我们亲近善知识，减轻欲念，破除贪、嗔、痴、慢、疑五毒，调和身心气息，发起方便的巧慧，使修行精进，降伏魔事，治疗疾病等等。

　　对于现代人来说，烦恼炽盛，匆忙转动，需要更深的定慧，才能得到身心的安顿。那么，让我们一起来认识坐禅，学习坐禅，进而舍妄归真，直彻心源吧！

让
人
生
无
悦

云门文偃禅师有一天把弟子召集在一起，说："十五日以前不问汝，十五日以后道将一句来。"弟子听了面面相觑，他自己代答说："日日是好日。"

这段公案非常有名，有许多研究禅宗的学者都解过，但我的看法是不同的。这段话翻译成白话是："开悟以前的事我不问你们了，开悟以后的情境，用一句话说来听听！"学生们正在想的时候，他就说了："天天都是好日子呀！"

为什么云门禅师用"十五日"来问呢？因为十五是月圆之日，用来象征见性的圆满。还没有圆满之前的心性是有缺陷的，一旦觉行圆满，当然天天都是好日子了。

"日日是好日"很能表现禅宗的精神，就是见性开悟是最重要的事，没有比开悟更重要的了。在我们没有开悟的时候看禅宗的公案，真像丈二金刚摸不到头脑。一旦开悟再回来看公案，就像看钵里饭，粒粒晶莹；看桶里水，波波清澈；看掌上纹，条条明白；看山河大地草木，一一都是如来。

云门禅师还有一个有名的公案，有一天他遇见饭头（厨房的伙夫），就问饭头说："汝是饭头吗？"饭头说："是。"禅师问他说："颗里有几米？米里有几颗？"饭头无法回答，禅师就说："某甲瞻星望月。"

从前我读这个公案，感到莫名其妙，现在总算抓到一点灵机。当禅师问："颗里有几米？米里有几颗？"的时候，问的正是"自性"与"身体"的关系，也是"法身"与"报身"的关系，翻成白话可以说是："你见到身体里有佛性？佛性里有身体吗？"饭头没有这种体证，无法回答，禅师就开示他："你看星星的时候，也要看到月亮呀！"

可惜，一般人看星星时，总看不到月亮，只注意小小的身体，而见不到伟大光明的圆满如月的佛性。

再回到"日日是好日"。对于见性人，知道心性大如虚空，包含一切江月松风、雾露云霞，那么一切的横逆苦厄都是阴雨黄昏而已，对虚空有什么破坏呢？当我们有一个巨大的花园时，几朵玫瑰花的兴谢，又有什么相干呢？

日日是好日，使我们深切知道自在无碍、明朗光照的人生不是不可为的，因为日日是好日，所以处处是福地，法法是善法，夜夜是清宵。

永嘉玄觉禅师在《证道歌》里说：

一性圆通一切性，一法遍含一切法，一月普现一切水，一切水月一月摄。

诸佛法身入我性，我性同共如来合，一地具足一切地，非色非心非行业。

由于佛性不受染，不可毁不可赞，如如不动，所以才是"日日是好日"，这不是梦想，而是实情。我们如果想过"日日是好日"的生活，没有别的方法，十五日以前不必说它，觉悟！觉悟！今天就是十五日了。

天下第一神射

万事无如退步人，

孤云野鹤自由身；

松风十里时来往，

笑揖峰头月一轮。

——怀深禅师

战国时代，有一位很会射箭的人，名字叫作纪昌。他立志要做天下第一神射。

当他知道天下最会射箭的人是飞卫时，就跋山涉水去拜飞卫为师。飞卫教他先学"不瞬",于是他躺在妻子的织布机下,睁开眼睛看织布的梭子穿梭来去,眼睛一眨也不眨。经过了两年的练习,终于练到织布的锥子碰到他的睫毛,他也可以不眨一下眼睛,甚至睡觉时也睁着眼睛睡。

飞卫于是又告诉他:"亚学视而后可。视小如大,视微如著,而后告我。"

纪昌再度回到家里。他在花园里找到一只很小的虱子,把它放在很细的草叶上,然后把这片草叶挂在书房窗口,自己则在书房的另一边,远远地注视那片草叶。

一开始,他只能约略看到那只虱子。三个月后,他看到那虱子有一只蚕那么大了。经过整整三年专心的注视,那只虱子在他眼里有一只车轮那么大了。

这时,他取来一根针,搭在燕角弓上,远远向虱子射去。针不偏不倚地射中虱子的胸部,连草叶都没有动一下。

纪昌欢天喜地地去拜见老师,飞卫就说他已窥见射箭的奥秘。

他不但可以像老师一样百发百中,在百步之外射穿一片柳叶,甚至在他回家时,妻子对他喋喋不休,他立刻取一支鸡尾往妻子的眼前射去,扯掉妻子眼前的三根眼睫毛,妻子竟然没有发现,还在继续嘀咕。

纪昌高兴极了,认为自己的箭艺已经登峰造极,但是在兴奋之余，他立刻想到天下还有一个比他高明的射手，就是自己的老师飞卫，这使他的心突然冰冷起来。如果不能赢过自己的老师，就不能称为天下第一神射。

有一天，纪昌在田野散步，见到飞卫从远处走来，他毫不迟疑地拉弓，预备发射。飞卫警觉到了，也立刻拉弓而射。

他们两人的箭几乎同时发出，两支箭在空中相碰，落在地上，就这样，他们一再地拉弓而射，每一次箭都在空中碰撞而掉落了。

最后，飞卫的箭射完了，而纪昌还有一支箭，他大叫一声："认命吧！"语音未落，箭就射出去了，但飞卫随手折了一根树枝，就在纪昌的箭到达胸口的那一刹那，把箭拨落了。

纪昌面红耳赤地低下头来，不知如何面对自己的师父。飞卫不但不责怪他，反而对他说："你的箭术已经和我不相上下了，如果你要更进一步，可以穿过太行山隘到霍山之顶，去见甘蝇老人。他是我的师父，也是最伟大的射手，我们的箭术和他相比，只能算是婴儿学步而已。"

纪昌立刻惭愧地拜别师父，向霍山前进，他走了一个多月的路程，终于到达了霍山之顶。当他看到甘蝇老人的时候感到十分失望，他不但满头白发，弯腰驼背，而且一点也没有射手的锐气了。

纪昌为了展示自己的神箭，取下背上的箭往天空射去。天上正有一群大雁飞过，接着，五只大雁被纪昌的箭穿成一串落在地上。

甘蝇老人说："你射得不坏，但是只用弓箭射鸟，还是很初步的箭法，你还没有学过不射而射的箭道吧？"

"什么是不射而射？"纪昌感到十分迷惑。

甘蝇老人带他到一个悬崖顶上，走到悬崖伸出的一块长石上，对纪昌说："来这里，让我看看你的神射吧！"纪昌走到那块长石上，往下望去，发觉底下有一条奔泻的激流，脚下的长石还会晃动，当场就吓得两腿发软，根本就不能射箭了。

老人说："让你看看什么是真正的箭道！"

就在这时，恰巧有一只小鸟飞过他们的上空，老人举目向小鸟瞥了一眼，小鸟就停止飞动，落在地上。

纪昌看得目瞪口呆，就随老人在山上学箭，整整学了九年的时间。等到第十年下山之后，纪昌已经绝口不提射箭的事，城里的人都觉得很奇怪，许多人都等他一展身手，他却好像忘记了弓箭一样。

有人问他："怎么不再射箭了？"

他说："至动无动，至言无言，至射无射。所以不射！"

纪昌在他下山后的第四十年安然而逝，没有人看过他动用弓箭。传说在他逝世的那一年，有一位朋友去拜见他，带了一把弓箭放在桌上。纪昌看着桌上那似曾相识的东西，很认真地问他的朋友说："请问你，桌上的东西是什么？做什么用的？"

他的朋友一听，大笑起来，但纪昌显然不是在开玩笑，一连问了三次。他的朋友肃然起敬地说："你现在一定是天下第一神射了，唯有像你这样的大师，才能真正忘掉弓箭的名相和用途！"

这个故事，很值得我们作为关于禅的思考，并使我们想到马祖道一度化石巩慧藏的禅宗故事，马祖问的是："何不自射？"

石巩当下就开悟了。

天下第一神射，原来是一个可以射穿自己的烦恼、争胜、分别、比较的人呀！

弹性的生命

我们如果要回复生命的弹性，就要减少「外部自我」的负荷，放下许多不必要的欲望，那就像蛇把尾巴吐出来一样，等到尾巴完全吐出来，蛇就自由了。外在自我一旦减到最轻，内在自我就得到革新、澄净，而显露了，仿佛是云彩散后，雪霁初晴的天空一样。

从前在寺庙里看过一尊文殊师利菩萨，白玉雕成，晶莹剔透，相貌庄严中有一种温柔安详之美，连他坐的青狮子都温柔地蹲踞着。

更引人注意的是，他手里拿着一个巨大的如意，从左肩到右膝那样巨大地横过胸前。

我从小就喜欢如意的样子，看到如意，总让我想起天上的两朵云被一条红丝线系着，不管云如何飞跑，总不会在天空中失散。

所以，当我看到文殊菩萨手里拿着巨大的如意时，心里起了一些迷思。文殊菩萨是象征智慧的菩萨，他通常是右手持宝剑，表示要斩断烦恼。左手拿青莲，象征智德不受污染。为什么这尊文殊却拿一个这样大的如意呢？

如果从名字来看，文殊是妙的意思，师利是吉祥的意思，因此文殊师利也是"妙吉祥"的意思，那么他手持如意也就没有什么可怪了。

这是我从前的看法，几年以后我才悟到文殊为什么手里要拿如意，虽然经纶上说如意是心的表象，所有的菩萨都可以拿它。可是手拿智慧之剑主司智慧的文殊菩萨，手里拿着如意就有很深刻的象征了。

它象征：唯有有智慧的人，才能如意！

它象征：智慧才是使我们事事如意的法宝！

它象征：唯有智慧，才能使我们妙吉祥！

这是多么伟大的启示！一般人总是要求生活里事事如意，事事顺随我们的意念与期待。可是在现世里，事事如意竟是不可能完成的志业。从人类有历史以来，就很少人能依照自己的意念去生活，即使贵如帝王，也有许多不能如意的苦恼。那是因为我们通常把如不如意看待成事物所呈现的样貌，而忘记了如意"盖心之表也"，如意是心与外在事物对应的状态。

我们从世俗的眼光来看，如意本来的名字也叫"搔杖"，是古人用来搔背痒的工具，因为它可以依人的意思搔到双手搔不到的地方，所以叫作如意。"搔杖"是鄙俗的，"如意"便好听得多，由于它的造形特殊，竟发展成吉祥的象征。古代帝王，常常把最好的玉刻成如意，逐渐使如意远离了搔杖，成为中国最高高在上的艺术品。

其实，如意原是如此，当我们智慧开启的时候，往往能搔到手掌不能触及的痒处；当我们有了智慧，就能如如不动地以平常心去对待一切顺逆困厄，然后才能事事如意。

原来事事如意不是一种追求，而是一种反观。因为，如意的"意"字，不在外面，而在里面，是一切生活，乃至生命的意念之反射。我们如果能坦然面对生活，时常保持意念的清净，事事如意才是可能的。

对意念的反观，不仅是如意的完成，也是最基本的修行。这使我们想到达摩祖师的"大乘入道四行"，他指出，进入大乘道的四种修行，一是报冤行，二是随缘行，三是无所求行，四是称法行。

"报冤行"就是当我们受苦的时候，意念上要想，这是我无数来因无明的劫所造的冤憎，现在这些恶业成熟了，我要甘心忍受，不起冤诉，这样就能"逢苦不忧"。

"随缘行"就是遇到什么胜报荣誉的事，要知道这只是因缘，是因为过去种了好的因，今天才得了好报，因缘尽了就没有了，有什么好欢喜呢？这样想就能"得失从缘，心无增减，喜风不动，冥顺于道"。

"无所求行"就是"世人长迷，处处贪着，名之为求。智者悟真，理将俗及，安心无为，形随运转"。因为了达万有都是空性，所以能舍弃诸有，息想无求，这样就能"有求皆苦，无求乃乐"。

"称法行"就是性净之理，目之为法，知道自性清净，不受染着、没有分别，信解这个道理去做就是称法行。当我们达到自性清净，那么修行六度而无所行，则能自行，又能利他。这样就能"法无众生，离众生垢故；法无有我，离我垢故"。

达摩的"四行观"一向被看成中国习禅解脱法的要义，但如果我们把它落实到生活，他讲的不就是使我们"事事如意"的方法吗？事事如意的本质并不在永远有顺境，而是在意念上保有清明来加以转动，这正是"境由心造"。

与其追求外境的如意，不如开启智慧的光明来得有用了。

如意正如它的造型，是红线上系的两朵白云，我们抓住红线，白云就能任我们转动，不至于失散隐没于天空。"意"是云，"如"是红线。

"有智慧的人才能事事如意"正是文殊菩萨手持如意的最大启示！

分别心与平等智

人生的黑夜也没什么不好，愈是黑暗的晚上，月亮与星星就愈是美丽了。如果不是雪山的漫漫长夜，佛陀怎么会看见天边明亮的晨星呢?

— 番薯的见解

朋友告诉我一个真实故事，说他的两个孩子太好命了，这也不吃，那也不吃，因此，吃饭时间就成为父母的头痛时间。

朋友每到用餐时间就不免唠叨："我们小时候哪有这么好命！连饭都没得吃，三餐都是番薯配菜脯。你们现在有这么多菜还不吃，真是够挑剔！"

唠叨的次数多了，小孩子都不爱听。有一天，他又在继续"念经"，大儿子就说："爸爸，番薯真的那么难吃吗？我甘愿吃番薯，也不吃这些大鱼大肉。"小女儿也说："甘愿吃菜脯！"

朋友生气了，第二天真的跑去市场。找半天才找到烤番薯，又买了一些萝卜干，晚餐就吃番薯配菜脯。

两个孩子吃了吓一跳，在爸爸嘴里吃"番薯配菜脯"是恐怖的事情，没想到吃起来却那么好吃。两人商议半天，一起对爸爸说道："爸爸，番薯真好吃，我们以后可不可以每天吃番薯配菜脯？"

番薯本身是没有好吃或不好吃之说的，这是人由于个人经验的不同、个人观点的差异而生起的差别心。

就在不久之前，我到阳明山的日月农庄去，看到有人卖烤番薯，每十五分钟才能开缸一次，每次一开缸，番薯立刻就卖完。我带着孩子排了四十五分钟才买到，一斤五十元，说起来真是难以置信。为什么要排那么久的队呢？因为有许多孩子什么山珍海味都不吃，只吵着要吃烤番薯。

"哇！这番薯够香够好呀！"这样的赞叹此起彼伏。

_不准礼佛

星云大师在大陆当学僧的时候，发现在大陆的佛学院里，训导处每遇到学生犯错，就处罚他们去拜佛忏悔，譬如说"罚你拜佛一百○八拜"。或者处罚学生跪香——别的学生都睡觉时不准睡，要在佛前跪几炷香，悔过完了才可以就寝。

久了之后，学僧将拜佛和跪香都视为畏途，还是少年的星云大师感触很深：拜佛与跪香是何等庄严欢喜的事，怎可用来处罚学生呢？

后来，他在佛光山办丛林学院，有犯错的学生，就规定他们不准做早晚课、不准拜佛。每次别的学生在做早晚课或拜佛时，就罚他们站在大殿外看，就是不准礼佛。被罚的学生心里着急得不得了，虽然身不能拜，心也就跟着拜了。要是碰到犯错比较轻微的学生，就处罚他们提早就寝，躺在床上不可起床。学生们在床上翻来覆去睡不着，想到别人都在用功办道，心里就忏悔得不得了。

一旦不准拜佛的学生解禁，准予拜佛了，往往热爱拜佛，拜得涕泪交零；一旦不准跪香，只准睡觉的学生解禁，往往在佛菩萨面前流泪忏悔，再也不敢贪睡、贪玩了。

当星云大师的弟子告诉我这个故事时，我非常感动，这也就是星云大师之所以成为"星云大师"的原因了。

大师的诞生，原非偶然。

_ 蟑螂与福报

在家里不杀蚊虫和蟑螂，原因是我们认识到蚊虫、蟑螂乃是"业"的呈现，不是偶然的。

但是蚊虫易于防范，只要注意纱门、纱窗就可以免于侵扰。蟑螂却不行，它们无所不在，或从花圃，或从水管里爬出来，与我们共同生活。不过，只要把它当作蝉或蝴蝶之类，也就相安无事了。

比较不好意思的是有客人来的时候，它们依然会在家里走来走去，大摇大摆，有时会吓到客人，因此每次客人来的时候，我就昭告家中蟑螂："今天有客人，你们暂时躲一躲，等客人走了，再出来吧！"

蟑螂很通人性，经常会给我面子。

但是，偶有出状况的时候。有一次，三位西藏喇嘛来家里作客，有两只蟑螂大摇大摆地爬过桌子，我示意它们快躲起来，它们却充耳不闻。正尴尬的时候，一位喇嘛说："林居士，你是很有福报的人呀！"

我正感到迷惑，他说："在西藏，由于蟑螂少，家里有蟑螂是象征那一家人有福报，如果没有福报，蟑螂都懒得去呢！"

从此，我对家里的蟑螂更客气，看它们奔跑，我说："嘿！走慢点，别摔跤了！"看到蟑螂掉在马桶里，我把它捞起来，说："游泳的时候要小心呀！"——我总是记着，我是有福报的人，所以它们才愿意来投靠我。

有一次，家里重新刷油漆，油漆工翻箱搬柜，工作了一星期，当工作结束时，工头一面收钱，一面向我邀功说："林先生，这一星期我至少帮你踩死了一百只蟑螂。"

我听了怅然悲伤，说："哎呀！你好残忍，我养了好几年蟑螂才养到一百多只呢！你一星期就踩死了一百只。"

工头愣在那里，很久说不出话来。

分别心

我们凡夫对世间万象总会生起分别的执着，对现前的事物产生是非、善恶、人我、大小、美丑、好坏等种种的差别观感，这种取舍分别的心正是障碍佛道修行的妄想情执，这种心也称为"执着心""涉境心"。

依照《摄大乘论》的说法，凡夫所起的分别，是由迷妄所产生的，与真如的理不相契合。如果要得到"真如的心"，就必须舍离凡夫的分别智，依无分别智才行。

菩萨在初地，入见道的时候，缘一切法的真如，超越"能知"与"所知"的对立，才可能获得平等的无分别智，所以才说："大道无难，唯嫌拣择。"

"分别心"的对待是"平常心"，平常心不是没有是非、善恶、人我、大小、美丑、好坏的智觉，而是以心为主体，不被是非、善恶、人我、大小、美丑、好坏所转动、所污染。

让我们再来复习一下马祖道一和南泉普愿禅师的话：

"道不用修，但莫污染。何为污染？但有生死心，造作趋向，皆是污染。若欲直会其道，平常心是道。何谓平常心？无造作，无是非，无取舍，无断常，无凡无圣。"

"道不属知，不属不知；知是妄觉，不知是无记。若真达不疑之道，犹如太虚，廓然荡豁，岂可于中强是非耶？"

平等智

《法华经科注》说："平等有二：一法平等，即大慧所观中道理也；二众生平等，谓一切众生皆用因理以至于果，同得佛慧也。"

"平等"是佛教里最重要的思想，所以，佛陀经常勉励菩萨，要有平等心、平等力、平等大悲、平等大慧，然后由平等观、平等觉、平等三业证入平等性智、平等法身。

《华严经离世间品》里说菩萨有十种平等：一切众生平等、一切法平等、一切佛刹平等、一切佛乘平等、一切善根平等、一切菩萨平等、一切愿平等、一切波罗蜜平等、一切行平等、一切佛平等……若菩萨摩诃萨住此平等，则具足一切诸佛无上平等。

《大方等大集经》则举出众生的十种平等：众生平等、法平等、清净平等、布施平等、戒平等、忍平等、精进平等、禅平等、智平等、一切法清净平等。

众生若具此平等，能速得入无畏之大城。

平等，是一切众生入佛智的不二法门，"不二"，也是平等。

平等，也是一切菩萨修行、契入大悲与大智的不二法门。

_ 无相大师

　　从前有一位无相大师，收了两位弟子，一位敏慧，一位愚鲁。

　　无相大师平常教化弟子常说：“修行人最重要的就是宁做傻瓜。”

　　两位弟子都谨记在心。

　　有一天下大雨，寺庙的大殿好几处漏雨，无相大师呼唤弟子说：“下大雨了，快拿东西来接雨。”

　　敏慧的弟子提着一个小桶冲出来，师父看了很生气：“下这么大的雨，你提这么小的桶怎么接？真是傻瓜！”弟子听了很不高兴，桶一放，就跑了。

　　愚鲁的弟子匆忙间找不到桶子，随手取了一个竹篓冲出来，师父看了又好气又好笑，就笑着说：“你真是天下第一号大傻瓜，有漏洞的竹篓怎么能接雨呢？”弟子看到无相大师笑得那么开心，又想到师父平常的教化——修行人最重要的就是宁做傻瓜，心想：现在师父说我是“天下第一号大傻瓜”，不正是最大的赞美吗？一时心开意解，悟到应以“无漏心”来接天下的法雨，立即证入平等性，因此就开悟了。

_黑夜的月亮与星星

在人生里也是这样，要有无漏的心，要有平等的心，那些被欲望葛藤所缚、追名逐利、藐视众生之辈，或者看我是傻瓜，但无所谓，因为"愚人笑我，智乃知焉"。

半杯水，可以看成半空而惋惜，也可以看成半满而感到无比庆幸。天下没有最好吃的食物，饥饿的时候，什么食物都好吃。

天下也没有最好的处境，心情好的时候，日日是好日，处处开莲花！

天下没有最能开启觉悟的情与境，有清净心，平等看待生命的每一步，打破分别的执着，那就是觉悟最好的情境。

在不能进的时候，何妨退一步看看？

在被阻碍的路上，何妨换一条路走走？

在被苦厄围困时，何妨转个心境体会体会？

天下没有永远的黑夜呀！黎明必在黑夜之后，那时就会气清景明、繁花盛开了。

人生的黑夜也没什么不好，愈是黑暗的晚上，月亮与星星就愈是美丽了。如果不是雪山的漫漫长夜，佛陀怎么会看见天边明亮的晨星呢？

平凡最难

与几位演员在一起，谈到演戏的心得。

有一位说："我喜欢演冲突性强的人物，生命有高低潮的。"另一位说："怪不得你演流氓演得好，演教师就不像样了。"

还有一位说："每次演悲剧就感觉自己能完全投入，演得真是悲惨，可是演喜剧就进不去，喜剧的表演真是比悲剧难呀！"另外一位这样搭腔："那是由于在本质上，人生是个悲剧，真实的痛苦很多，真实的快乐却很少。"

大家七嘴八舌地讲自己对演出与人生的看法，却得到了两个根本的结论，一是不管电影、电视或舞台，演流氓、妓女、失败者、邪恶者、落拓者总是容易一些，也可以演得传神，那是因为大家对坏的形象有一种共同的认知；可是对善良的、乐观的人生却没有共同的标准。二是全世界最难演出的人，就是那些平顺着过日子，没有什么冲突的人，像教师、公务员、小职员、家庭主妇，因为他们的一生仿佛一开始就是那个样子，结束也就是那个样子了。

一个演员感慨地说："平凡是最难演的呀！"

我们如果把这句话稍作转换，可以变成是："平凡是最难的呀！"或者说："安于平凡是最难的呀！"尤其是当一个人可以选择轰轰烈烈地过日子时，他却选择了平凡；当一个人只要动念就可能获名求利、满足欲望时，他却选择了平凡；当一个人位高权尊、力能扛鼎时，他毅然选择了平凡。

最难得的是，一个人在多么不平凡的情况下，还有平凡之心，知道如何走进平凡人的世界，知道这世界原是平凡者所构成，自己的不平凡是多数人安于平凡所造成的结果。

平凡者，就是平顺、安常、知足，平凡人的一生就是平安知足的一生。一个社会格局的开创固然需要很多不凡人物的创造活动，但一个社会能否持久安定、维持文化的尊严与品格，则需要许多平凡人的默默奉献与牺牲。

每个人青年时代的立志，多是要做顶天立地的大丈夫，要做叱咤风云的大人物，可是到了后来才发现，其实自己也不过是社会里平凡的一分子，没能成为真正的大英雄、大豪杰。但我们从更大的角度看，那些自命为大人物者，何尝不也是宇宙的一粒沙尘呢？

这并不是说我们不要立大志，而是当我们往大的志向走去时，不管成功或失败，都要知道"平凡最难"！

平凡不只是演员在戏台上最难扮演，在实际人生里也是最难的一种演出。

自由人

让人生无忧

日本近代的禅学大师山田灵林，把世界上的人都归为三种类型：第一型是纯朴未开，不受任何知识上的苦恼，像动物一样能和平生活的人，叫作"自然人"。

第二型是头脑明晰，知能发达，却反而受尽"知"的烦恼，导致神经过敏，始终无法与他人相处，过着不愉快的生活的人，叫作"知识人"。

第三型是超越了"知"的苦恼和"情意"的苦恼，能任运无碍过活的人，叫作"自由人"。

为了说明这三种人的不同，他举了一个非常有趣的例子说明：

　　某家五人居室的前廊上，一双拖鞋没有排好且翻了过来，这家的仆人虽好几次出入主人的房间，办好了主人的几件差遣，对翻过来的拖鞋却一点也没有注意到。她正如在深山里纯朴未开的少女，她只把每次被吩咐的事在能力范围内办好，其余的一概不管，所以她每天十分快乐，能吃就吃，能睡就睡，除了衣食住行，对人间的一切事务与知识都不管，没有任何心事。这就是典型的"自然人"。

　　这家的少奶奶拿信件要进屋时，看见了翻过来的拖鞋，但因男主人吩咐要处理一件紧急事务，来不及翻那双拖鞋。一会儿，她端红茶要进屋，又看见那双拖鞋，心想一边拿饮料一边翻拖鞋有碍卫生，还是没有改正它。要离开房间时，突然听到了孩子的啼哭而跑向婴儿室，这一次根本没有想到拖鞋的事。就这样，她一整天都挂虑那双拖鞋，导致在房间、厨房、婴儿室时都不能平静，不能专心，而苦恼万分。少奶奶出身名门闺秀，读过大学，因此她想把学来的知识全部应用在现实生活上，却往往不能照见自己的期望，反而带来日日夜夜的焦急不安。最后她变得很神经质，甚至连看到猫儿换个位置晒太阳，也会使她不安而烦恼。这就是典型的"知识人"。

　　这家的老太太，有事找她的儿子，她看到翻过来的拖鞋，马上随手翻正，然后欣然不把这件事放在心上。老太太是很沉着的人，她善于发现事件的问题，而一发现问题，马上很轻易地处理好，如果是件不能处理的事，她马上把它忘掉，因此她的心境一直平静而稳定。这就是典型的"自由人"。

山田灵林的例子很值得我们深入地思索。拖鞋可以说是烦恼的一种象征，这一家的女佣可以说是从来不知烦恼为何物地生活着，就如同世界上许多神经粗糙的人，不是他们非常快乐，而是他们既见不到烦恼，同时也不能知道精神的愉悦是什么。他们没有思考、没有反省、没有觉悟、没有方向与追求，只是像动物一样地过日子。

少奶奶虽然知识丰富，却反而因知识而受苦，被种种知识扯来扯去，忽左忽右，像漩涡一样旋转，于是陷入一种紧张而焦躁的生活状态，充满无谓的苦恼。这说明了要追求心灵的和平与究竟的宁静，知识是无能为力的，无论用任何知识，都不能凭着知识得以安身立命，因此以安身立命为目标的人，知识实在是没有价值，有时反而带来烦恼。

但是我们不应反对知识，而是要把知识收集整理，利用生活经验来驾驭它，到能无碍的时候，心地自然平直得像前面的老太太一样。不过如果要靠外在经验的累积，达到心性的自由，等他成为自由人时，已经消耗了大部分的生命。

佛教禅宗所追求的也是"自由人"的世界，只是所循的是内面的方法，就是靠宗教的精进来达到心性的自由，才能得到真正的安心，与究竟的立命。

但是，禅的"自由人"与老太太的"自由人"还是有差别，老太太的自由是一种动作，是因外相（如拖鞋）的对待而来，禅师的自由却是绝对的，自我的，没有对象的。

在佛教里，把凡夫的世界称为"相对界"，意即这个世界是用对立思考来想事情的处所。爱与恨、清与浊、男与女、美与丑、善与恶、春与冬、山与川、相聚与离别、生长与凋零，无一不是对立。因而，在我们这个世界上，不用对立就无法思考和判断事物了。由于这些对立，我们的世界才不断地变化与作用，不断尝受葛藤斗争之苦，我们就在对立的影子以及影子所形成的影子中生活。

禅的境界，乃至佛教一切法门的境界，都是在超越对立的境况，进入绝对的真实，这绝对的真实就是使自己的心性进入光明的、和谐的、圆融的、无分别的世界。由于超越对立，进入绝对，使修行的人可以无执、任运、无碍自在、本来无一物，甚至无所住而生其心。

这超越的绝对世界，并不表示自由人在外表上与凡人有何不同，他也有生死败坏，像我们看到罗汉的绘像与雕刻，通常不是那么完美的，他们也有丑怪的，也有痴肥的，也有扭曲的，但是他们却处在一种喜乐和谐的景况。最重要的是，他们仍有强旺的生命力，有着广大的关怀与同情，不因为心性的自由而失去对理想生命的追求。

日本盛冈市名须川町的报恩寺，有一个罗汉堂，罗汉堂里的五百罗汉刻于一七三一年左右。相传凡是想念过世亲属的信徒，只要顺着五百罗汉拜下去，一定会在其中找到一尊和亲人的长相容貌一模一样的罗汉，因此数百年来，报恩寺香火鼎盛。

这故事告诉我们，罗汉的外貌也只是个平常人罢了。

中国禅宗公案里，曾有一个极著名的公案。说从前有一个老太婆，她供养一位禅的修行者，盖了一个庵给他修行，并且供养三餐达二十年之久，时常派年轻美丽的少女为他送饭。二十年后有一天，她叫派去的少女送饭的时候坐在修行者的怀中，并且问他："正与么时如何？"（我坐在你腿上，你感觉怎么样？）修行者说："枯木倚寒岩，三冬无暖气。"少女回来后就把这两句诗告诉老太婆，老太婆很生气地说："我二十年只供养个俗汉！"于是把修行者赶走，并且放了一把火，把庵也烧掉了。

这是个非常有趣的公案，到底老太婆为什么生气呢？那是因为修行者以为肉身成为枯木寒灰才是坐禅的极致，认为断尽一切身体的反应的隐遁，才是真正的禅。其实，禅的正道不是这样，禅的正道不是无心的枯木，而是有生命的、如如的。它不是停止一切的活动，而是在比人生更高层次的、纯粹的、本质的地方活动。有坐禅经验的人都应知道，禅不是死、不是枯、不是无，而是自在，也就是赵州禅师说的"能纵能夺，能杀能活"，是药山惟俨禅师说的"在思量个不可思量的"。

凡可以思量的，它不是自由；凡有断灭的，它不是自由；凡有所住的（即使住的是枯木寒岩），也不是自由！

有许多修行者要到深山古洞去才能轻安自在，一走入了人间，就心生散乱，这算什么自由呢？

那么，何处才是自由安居的道场呢？它不在没有人迹的山上，不在晨钟暮鼓的寺院，而是在心。心能自由，则无处不自在，无处不心安，那么坐在什么地方又有什么重要呢？

我们都是平凡的人，界于自然人和知识人的中间，想要像悟道者那样进入绝对和谐的世界是极难的，也就是说我们难以成为真正自由的人。

但我们却可以提醒自己往自由的道路走，少一点贪念，就少一点物欲的缠缚，多一点淡泊的自由。少一点嗔心，就少一点怨恨的纠葛，多一点平静的自由。少一点愚痴，就少一点情爱与知解的牵扯，多一点清明的自由。限制迷障了我们自由的是贪、嗔、痴三种毒剂，使我们超脱觉悟的则是戒、定、慧三帖解毒的药方。

完全自在无碍的心灵是每个人所渴望的，它的实践就是佛陀说的："放下！放下！"

放下什么呢？看到拖鞋翻了，把它摆正吧！摆正了的拖鞋，再也不要放在心上，如是而已。

注：山田灵林，是日本可与铃木大拙比美的禅学泰斗，在理论与实践上都有成就，"自由人"的说法出自他所著的《禅学读本》。

让
人
生
无
忧

弹性的生命

> 桶底脱时大地阔，
> 命根断处碧潭清；
> 好将一点红炉雪，
> 散作人间照夜灯。
>
> ——大慧宗杲禅师

最近读到一册《五百罗汉》的白描图鉴，非常感动，那五百个罗汉形貌各自不同，但都目光炯炯、精神奕奕，让我感受到罗汉有一种生命的弹性与厚度。

　　漫画家蔡志忠现在也在做五百罗汉的创作，已经画出来的几十幅都保有罗汉的弹性生命的特质。记得蔡志忠曾画过两册禅的漫画，一本是《禅说》，一本是《曹溪的佛唱》，里面的祖师形貌也画得很好，每一位都非常生动而有幽默感。

　　我在读这些图册时，常常会感慨现代人的弹性生命似乎比从前削弱得多了。表面上看来，我们比"原始的人"拥有更多的东西，至少像汽车、电视、音响、电脑、电话、传真机等等，都是从前的人不会有的，而古代的人也不会像我们有满橱子的衣服和满柜子的鞋子（除非是皇亲贵族）。

　　如果把我们所拥有的事物都看成是我的一部分，身心的部分称为"内在的自我"，身心之外的一切衣食住行称为"外部的自我"，外部的自我都是因内在的欲望而呈现的。我们可以这样说，一个人的外部自我越强化，他的负担就越重，生命的弹性也就越小。这种因为外部自我而淹没内在自我的情况，在佛教里有一个比方，就是"蛇吞其尾"：一条蛇吞下它的尾巴，就会形成一个圆圈，蛇越是吞咽自己的尾巴，圆圈便越缩小，后来变成一个小点，最后就完全消失了。蛇愈努力吞咽自己的尾巴，死亡就愈是快速。

　　这个比方里的死亡，指的是"完整自我的死亡"。在现代社会，外部自我的扩张常使我们误以为外部的自我才是重要的，反而失去对内在自我的体验与观察。

例如，许多人去征服玉山、大霸尖山、喜马拉雅山，却很少人有攀登自己内心高峰的经验。

例如，许多人足迹踏遍全世界，却很少人做内在的冥想的旅行。

例如，许多人每天要看报、读书、听广播、看电视，却很少人听见自己内在的声音。

有了更多的外部自我，使人有世俗化的倾向，也变成外面愈鲜彩艳丽，内在更麻木不仁；外面愈喧腾热闹，内在更空虚寂寞；认识的人愈来愈多，情感却愈来愈冷漠……人到后来，几乎是公式化地活在世上，失去了天生的感受，失去了生命的弹性。

日本禅学者阿部正雄曾评述这种现象说："我们现代人正在失去尽情欢乐或尽情悲哀的能力，现代人在生命深处，既不会哭，也不会笑。相反的，原始人或古代人尽管对自然界、社会和历史进程的知识所知有限，也无法摆脱与生俱来的根本忧虑，我却感到，他们对自己在宇宙中的存在有着全面而完整的理解。他对自己的灵魂有着真诚和敏锐的感受。因此，他可以更真诚地感受到喜怒哀乐。现在，伴随高度发展的科学技术，并受制于复杂的政治经济体制，人已经变得支离破碎。"

想想也对，我们每天起床，一部分时间交给工作，一部分时间交给电脑，一部分时间交给电视和报纸……我们还有什么完整的时间呢?

时间就是生命的元素,时间里没有弹性,生命的弹性自然受到压抑,甚至会失去。我们如果要回复生命的弹性,就要减少"外部自我"的负荷,放下许多不必要的欲望,那就像蛇把尾巴吐出来一样,等到尾巴完全吐出来,蛇就自由了。

外在自我一旦减到最轻,内在自我就得到革新、澄净而显露了,仿佛是云雾散后,雪霁初晴的天空一样。

要看到蔚蓝无染的天空,第一步要做的就是,把外部自我的云彩一朵一朵地清扫干净呀!

写在水上的字

让人生无忧

　　生命的历程就像是写在水上的字，顺流而下，想回头寻找的时候总是失去了痕迹。因为在水上写字，无论多么费力，那水都不能永恒，甚至是不能成形的。

　　因此，如果我们企图停驻在过去的快乐中，那是自寻烦恼，而我们不时从记忆中想起苦难，这反而使苦难加倍。生命历程中的快乐或痛苦，欢欣或悲叹都只是写在水上的字，一定会在时光里流走，就像无常的存在是没有实体的。

　　实体的感受只是因缘的聚合，如同水与字一般。

　　身如流水，日夜不停流去，使人在闪灭中老去。

心也如流水，没有片刻静止，使人在散乱中迷茫地活着。

身心俱幻，正如在流水上写字，第二笔未写，第一笔就流到远方。

爱，也是流水上写的字，当我们说爱时，爱之念已流到远处。美丽的爱是写在水上的诗，平凡的爱是写在水上的公文，爱的誓言是流水上偶尔飘过的枯叶，落下后总是无声地流走。

身心无不迁灭，爱欲岂有长驻之理？

既然生活在水上，且让我们顺着水的因缘自然地流下去。看见花开，知道是开花的因缘具足了，花朵才得以绽放；看见落叶，知道是落叶的因缘具足了，树叶才会落下来。在一群陌生人之中，我们总会碰到那有缘的人，等到缘尽情了，我们就会如梦一样忘记他的名字与脸孔，他也如同写在水上的一个字，在因缘中散灭了。

我们的生活为什么会感觉到恐惧、惊怖、忧伤与苦恼，那是由于我们只注视写下的字句，却忘记字是写在一条源源不断的水上。水上的草木一一排列，它们互相并不顾望，顺势流去，人的痛苦是前面的浮草总思念着后面的浮木，后面的水泡又想看看前面的浮沤。只要我们认清字是写在水上的，就能心无挂碍，无有恐怖，远离颠倒梦想。

不能认清生命的历程是写在水上的字，是以迷心来看世界，世界就会变成一张网，挑起一个网目，就罩在千百个网目的痛苦中。

认清万法如水，万事万物是因缘偶然的聚合，以慧心来观世界，世界就与自己的身心同时清净，就可以冲破因缘之网而步上菩提之道。

在汹涌的波涛与急速的漩涡中，顺流而下的人，是不是偶尔会抬起头来，发现自己原是水上的一个字呢？

这种发现，是觉悟的开始，是菩提的芽尖。

不断开发智慧

如何得到最简单、最基本的智慧呢？

首先来认识智慧这两个字。

"智"字是知识的"知"下面有一个太阳的"日"。智慧是有如太阳一样照射的知识。

太阳的特色有四。第一，太阳自己发光，有观照的能力，所照的地方都得到清明。这种观照的能力，在佛教里叫作"妙观察智"。第二，太阳非常平等，不管你是穷人或是富人，是蟑螂或蚊子，太阳一概平等照耀。这种平等，在佛教里叫作"平等性智"。第三，凡是太阳照到的地方，就有活力与生机，东西就可以生长，这在佛教里叫作"成所作智"。第四，太阳非常广大，遍满整个世界，这叫作"大圆镜智"，因为太阳好像一个大圆镜般照耀整个世界。

"智"字既包含了代表太阳的'日'，也就含有以下四个意思：第一是观察的能力。要培养自己对事物能有革新的观照、新的观点、新的态度。第二是要有平等的态度。没有平等的态度，不可能得到真实的智慧。第三是保持活力与生机，不断地生长。智慧是不断生长的。第四是要以广大的态度面对所遭遇的一切，就会慢慢产生智慧。

"慧"字下面有"心"，"心"表示感受的能力。要对这个世界有感受的能力，而不是失去对这个世界的热情。

失去对这个世界的爱，失去对这个世界的珍惜，就不叫"慧"，因为这样没有心。

有心，所以有感受。有感受，但是不执着。这样就是"慧"。

有一次我在一家餐厅吃饭，发生了一件事。那天，有一桌年轻人，一共是八个人坐在一桌，讲话声音非常大，谈论的是当时最热门的话题波斯湾战争。他们讲得兴高采烈，笑声不断，令餐厅里的其他客人都为之侧目，不过也没有人去干涉他们。突然，有一位老先生站起来走了过去，很严肃地对这一桌年轻人说了一句话："战争有那么好笑吗？"

　　所有吃饭的人动作都停下来了。这一群年轻人也呆住了，没想到会有此一问。这时候，老先生本来放在左边口袋的手突然伸出来，大家都看到他没有手掌，他的手只到手腕，腕部结了一个大疤。老先生说："我这只手就是在战争中失去的。战争没有什么好笑的，凡是有战争，就会有人死亡。不管死的是美国人还是伊拉克人，这些死去的人都是某些人的儿子、丈夫、爸爸，也可能是某些人的女儿、妻子、妈妈。战争是非常悲惨的！"老先生说完，面无表情地转身走回座位。

　　那天大家吃得都有点食不下咽。想到老先生的话："战争有那么好笑吗？"我生起了很大的惭愧心。想到自己前两天还和朋友热烈地讨论波斯湾战争，却没有用这个观点来看战争——有些人会在这场战争中丧生，那些人是人子、人夫、人父……这么一想，会对战争充满悲悯之情。

　　这就是改变我们原先的观点，重新以观察、平等的观点来看世界。于是我们的心会被触动，产生新的生机；我们的心会变广大，广大到不去分美国人、伊拉克人或以色列人，不论是哪一国人，只要有人死伤，都是同样悲惨的事。我们的智慧也因为透过一件事情而得到开启。

　　这八个年轻人的智慧也许得到了开启，也许没有。如果他们没有得到开启，他们所缺少的是什么东西？是感受的能力，是慧。

因为没有慧，所以他们未能立刻感受到新的触发。

新的触发是非常重要的。当我们有足够的智慧面对这个世界的时候，我们的观点也可以随时调整。

换一个观点看事情，往往大有转机。

人生并非固定的状态，如果我们有智慧，不断地改革自己观察、感受的能力，我想，我们就可以从此过着幸福快乐的日子。因为我们保持着观察、平等、生机、广大的态度，没有什么难得倒我们，这就是智慧。

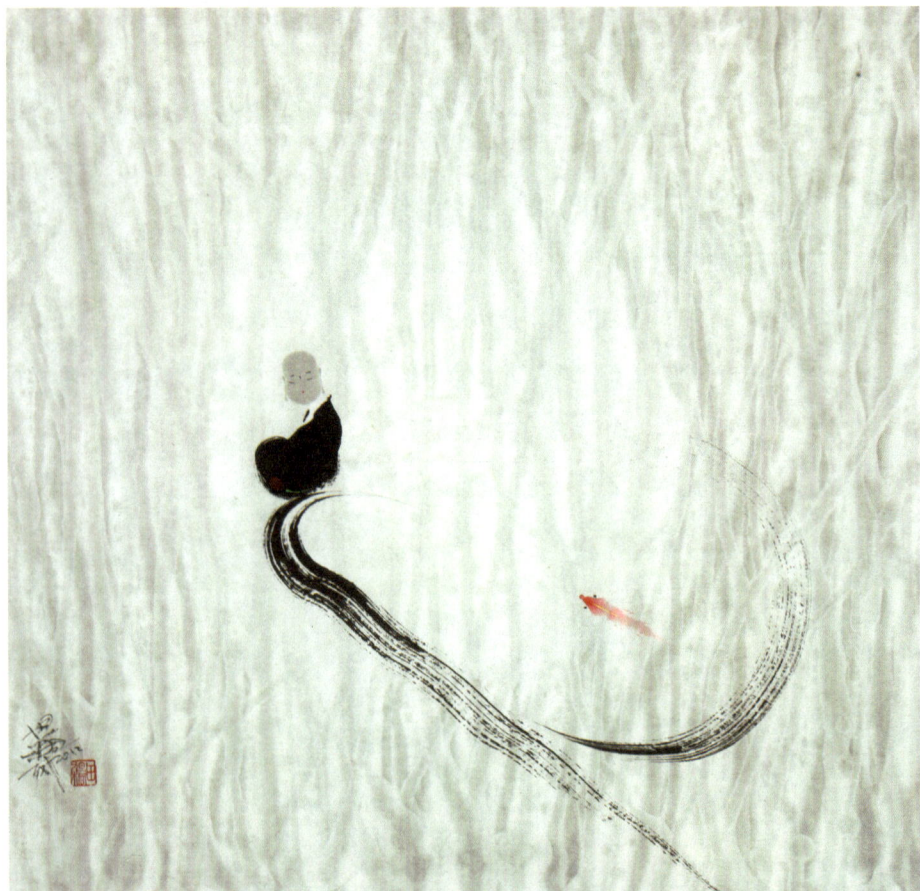

让
人
生
无
悦

　　除了瓶子太满、向外追求、有企图心这三点外，更严重的是有一个瓶塞把我们塞住了，这个瓶塞就是执着。经典里说执着就是有分别相、人我相、众生相、寿者相，也就是说有别人和自己，菩萨和众生以及寿命的分别。我们经常喜欢把这个世界上的许多东西归为自己的，因此使得自己感到非常痛苦：担忧东西会不会被偷，东西在手上令自己担忧，失去后又令自己心碎，这些都是执着造成的痛苦。

　　多年前，我在报社工作，一个月领四千块新台币的薪水。我每天省吃俭用，想存一笔钱娶老婆或做很多事。终于有一天，我存到了二十万零一千块。当天晚上我看着存折，心里充满了喜悦，我收起了存折。不到一会儿，有一个朋友紧急地跑来找我，对我说他现在有一个难关要渡，正好缺二十万，问我能不能借钱给他。我这个人最大的缺点就是心肠太软，听完他的痛苦后，马上答应把二十万借给他，他也向我保证四个月之内一定将钱还我。接下来四个月，我心想他不会那么快就还钱，活得很自在。可是从第四个月后的第一天开始，我就变得很紧张，不知道二十万要不要得回来，经常被噩梦惊醒，自己也不好意思去讨钱，只能把痛苦放在心里。这样子过了一年，我心想，这笔钱大概要不回来了，便又自在起来，我想这二十万也许不是我的，而是我朋友的，不然他怎么如此神通，知道我正好有二十万？我之所以舍不得，因为我常常把这二十万当成自己的，才会痛苦不堪，现在他拿去用，换成他为了还不出钱而痛苦。当我把痛苦丢走后，就不再痛苦了。这一念之间的开悟，使我把担子放下来，轻松了好久。

两年后，有一天，这个朋友又来找我，告诉我他来还钱，除了二十万，他还算给我利息。我欣喜之余，直觉得这笔钱是从天上掉下来的。当天晚上，我拿了这笔钱去买了一部拉风的跑车，每天开车时我都很感恩，觉得这二十万是菩萨赐给我的。几年后，我撞车受伤了，心里便想：如果我的朋友不还我二十万，我就不会撞车，更不会受伤。所以，因缘是非常奇妙的，当你把东西视为自己的，感觉非常痛苦，而东西被别人拿去，你却依然认为是自己的，就更痛苦。拿了你东西的人认为这个东西是你的，他也会痛苦。因此，执着可以说是生命痛苦之源。

除了金钱之外，我们会对情欲、亲情、友情、珠宝等等执着，为什么会执着？因为我们认为东西是自己的，或者还不是自己的，却有一天想拥有它。我们去逛街，看上一件衣服，可是又觉得太贵，回家后，心里很痛苦，第二天下定决心，不管多贵都要买，去的时候却发现衣服已经被买走了，顿时又会后悔痛苦。换成我，我反而会很高兴："啊！幸好昨天没买，终于被买走了。"跟着放下心里的负担，真好！

情欲也是一样，男女在谈恋爱时为什么会那么痛苦？因为认定对方是自己的。可是你有什么资格说他是你的？他是他，绝不是你的，就因为你认为他是你的，所以在他离去时会变得很痛苦。

我们要把瓶子放空，得到内在和反观及一切的无为无求。最重要就是把瓶塞打开，也就是去除执着，让自我的空气流出来，别人的空气流进来，让自己的心性透过瓶塞进入法界，也让法界的动静流进我们的内在世界。我刚开始学佛时，常觉得我是我，菩萨是菩萨，可是经典里却说，当我们的内在升起一个念头时，在虚空中的佛和菩萨听来就像天边的响雷一样，为什么？因为佛菩萨不仅打开了瓶塞，而且粉碎了宝瓶，有一个很纯净的空性。

我们之所以无法和法界交通，不知道自己的念头在佛菩萨的耳里像天边的响雷那么大声，就是因为我们的盖子没有打开。当我们开始学佛道，感受到内心逐渐清净，走在路上突然听到有人讲脏话，感觉就如同天边的响雷一样，为什么？因为我们身心清净，而脏话突然污染了我们的心。此时，我们就可以感受到自己已经打开的喜悦和光明。

经典里记载说，一个刚开始修行的人就像一块黑布，不管倒了多少墨汁上去，都看不出来，而修行逐渐清净的人，就像一块白布，只要沾上一滴墨汁，便非常醒目。所以我们读经典时，会发现：佛要说法时，大地会震动，天雨曼陀罗花。在我们的感觉中，这似乎是神话，其实不然，只因为法性是法性，你是你，而且你没有打开瓶塞，所以你不能感受到大地震动及满天飘洒的莲花香。有一天，你打开自己的瓶塞，能够感受到经典上的记载，就知道佛没有妄语。

当我们认识到自己是一个宝瓶时，就要努力地使自己执着的塞子打开，以进入法界，同时让法界进入我的世界。释迦牟尼佛曾在《楞严经》里向阿难讲过一个关于宝瓶的譬喻。他说，有一个人拿着一个塞住的宝瓶到千里之外，希望把宝瓶里面的空气分给别人享受。当这一个瓶子在这国塞住却到另一国才打开时，瓶子里的空性已非原来的空性，而是融合了两边的空性，如果瓶塞不打开，那么里面的空性仍是原来这一国的。

　　为什么佛陀说将盖子打开后，便不是这国或那国的空呢？如果它是本地的空，当你贮空而去，本地的空应该少一块，事实上并不然。其次，如果它是另一国的空，那么开瓶时，你应该会看到空流出来，然而你却看不到，为什么呢？因为一切意识都是虚妄的，我们认为它是实有的，乃在于我们被一个瓶塞所塞住。我们在家里念佛打坐时，念头总是起起落落，念头之多，在经典里也提到过，一个小时六十分钟，一分钟六十秒，一秒钟六十个刹那，一个刹那里有很多的念头，这么多的念头哪一个才是真实的？没有一个是真实的。

　　如果我们将塞子打开，跟外面的世界就可以混然一片，那么我们的执着也就没有意义。也就是说，当我们把宝瓶的盖子打开后，将瓶子放到西方净土，它就与西方净土融为一体，放到人间净土，瓶子的空就和西方净土的空混在一起，拿到鬼道去，它就和鬼道混在一起……这就是随顺众生。

快乐无忧是佛

当我们读到了四祖道信对牛头法融说："快乐无忧，故名为佛。"真是令人深深的感动，对于我们修行佛道的人是无与伦比的教化，像我们在生活里还有许多的烦恼、不安、忧伤，心灵中充满了喧闹、哀愁、骚动的人，哪里配谈什么是佛呢？

我们先不说学佛，光是说学习快乐无忧好了，一个人如实地生活，才知道"快乐无忧"四个字是多么艰难。

信仰佛教最虔诚的西藏人民，他们互相问候的话，不是"吃饭了没"，不是"恭喜发财"，而是"吉祥如意"。人人在见面或分别时，总是双手合十，互道"吉祥如意"！我觉得，吉祥如意与快乐无忧很相近，但犹不如快乐无忧那样浅白。

我们现在来看"快乐无忧，故名为佛"的出处，我且用分行来重排四祖道信这一段对真要的开示：

> 夫百千法门同归方寸，河沙妙德总在心源。
>
> 一切戒门、定门、慧门，神通变化，悉自具足，不离汝心。
>
> 一切烦恼业障，本来空寂；一切因果，皆如梦幻。
>
> 无三界可出，无菩提可求。
>
> 人与非人，性相平等。大道虚旷，绝思绝虑。
>
> 如是之法，汝今已得，更无阙少，与佛何殊，更无别法。
>
> 汝但任心自在，莫作观行，亦莫澄心，莫起贪嗔，莫怀愁虑，荡荡无碍，任意纵横，不作诸善，不作诸恶。
>
> 行住坐卧、触目遇缘，总是佛之妙用。快乐无忧，故名为佛。

快乐无忧乃不是感官欲望满足的层次，而是任心自在，遇到任何的因缘都是佛法的妙用，这是万里无云、浩浩青天的境界。也是达摩祖师说的：

亦不睹恶而生嫌，

亦不观善而勤措；

亦不舍智而近愚，

亦不抛迷而求悟。

当牛头慧忠禅师说："人法双净，善恶两忘；直心真实，菩提道场。"——这是快乐无忧是佛。

有源律师问："和尚修道，还用功否？"大珠慧海说："用功。"曰："如何用功？"师曰："饥来吃饭，困来即眠。"曰："一切人总如是，同师用功否？"师曰："不同。"曰："何故不同？"师曰："他吃饭时不肯吃饭，百种须索；睡时不肯睡，千般计较。所以不同也。"——这是快乐无忧是佛。

南泉普愿禅师快圆寂时，弟子问他："和尚百年后，向什么处去？"他说："山下作一头水牯牛去。"弟子说："某甲随和尚去还得也无？"他说："汝若随我，即须衔取一茎草来。"——这是快乐无忧是佛。

洪州水老和尚说："自从一吃马祖踢，直至如今笑不休。"——这是快乐无忧是佛。

云门文偃禅师说："日日是好日。"——这是快乐无忧是佛。

沩山灵祐禅师说："一切时中，视听寻常，更无委曲，亦不闭眼塞耳，但情不附物即得……譬如秋水澄澄，清净无为，淡泞无碍，唤他作道人，亦名无事之人。"——这是快乐无忧是佛。

黄檗希运禅师说："但终日吃饭，未曾咬着一粒米；终日行，未曾踏着一片地。与么时，无人无我等相，终日不离一切事，不被诸境惑，方名自在人。"——这是快乐无忧是佛。

仰山慧寂禅师说："我这里是杂货铺，有人来觅鼠粪，我亦拈与他，来觅真金，我亦拈与他。"——这是快乐无忧是佛。

我们看历代祖师，真的是个个活泼纵跳、生意盎然。快乐无忧，这种无忧不是来自后世极乐的期待，而是今生生活的承担，是如实接受生活，要在今世，甚至此时此刻就无忧。

因此，有人问石头希迁禅师："如何是解脱？"他说："谁缚汝！"（没有人绑你，为什么求解脱呢？）"如何是净土？"他说："谁垢汝？"（没有人污浊你，为什么求净土？）"如何是涅槃？"他说："谁与生死与汝？"（没有人给你生死，到哪里求涅槃呢？）

无时不是解脱之境，无处不是净土所在，永远都在涅槃之中，长空不碍白云飞，好一个快乐无忧是佛！

呼山不来去就山

　　台北一些重要的道路改成单行道以后，搭计程车就变成一件麻烦的事，特别是在交通高峰时间。

　　有一次黄昏的时候在光复南路，我要搭计程车，等半天也没有空车的影子，路上又下起雨来。我于是步行到忠孝东路口，发现在我的前面几乎每隔十步就有人停在街边招手。"往前走一点，说不定比较容易叫车。"我这样想，然后开始在雨中步行，一走就走了几百米，发现整条忠孝东路都是等计程车的人。

　　然后，我从敦化南路转往仁爱路，心想仁爱路是单行道，应该容易叫到车，又在仁爱路上走了数百米。如果是平常，我会停止叫车，找一家气氛好的咖啡店坐下来喝咖啡。等雨停了，人潮散了再走，那一天却有些心急，因为家里有客人要来。

眼看着在右边叫车无望，我就转到对面去，心里有一个这样的念头："说不定有人在左边下车。"才站了一会儿，果然有一部计程车停下来，赶紧坐上去，一边为自己的幸运高兴，一边也想到了人在环境中适应变化的能力。

雨中，在奔驰的计程车里，我想到穆罕默德的一个故事。

有一天，穆罕默德向群众宣布，某年某月某一天，他将站在城外，把城外那座山移近一点。群众听了立刻哗然，并且奔走相告穆罕默德将显现奇迹的事。

果然，到了约定那一天的清晨，城外已经聚集了水泄不通的人潮，大家都屏息以待，等着目睹神迹。穆罕默德终于在大家的期待中出现了。他仰天站着，沉默，深呼吸，

然后大声地对那座山喊："喂！大山！到这里来！"空中回荡着穆罕默德的声音，但是，山一点也没有动。

穆罕默德再度沉默，深呼吸："喂！大山！到这里来！"山依然没有移动的迹象，群众大感意外，莫不是神迹失灵了吗？

穆罕默德再度提起大嗓门："喂！大山呀！到这里来！"

山兀自屹立，群众哗然议论：莫不是眼前这位我们尊敬的人

是个骗子？或者他太不自量力了，移动一个杯子还可能，移动一座山可能超过他的神力了。

正在议论纷纷的时候，穆罕默德转过身来面对群众说："各位乡亲父老兄弟姐妹！你们都看到了，我连续向那座山喊了三次，可是山还是不动。既然它不肯动，除了我向那座山走去，还有什么办法呢？"

于是，穆罕默德抬头挺胸、气定神闲，从从容容地走向那一座山，群众愕然而惊叹！

是呀！在生活中，我们会遇到许多山一样的事情，有的人想移山，但移不动，自己也不肯改变姿势，反而与山对峙。小如叫计程车也一样，这边叫不到，到那边去叫，如果执意站着不动，当所有人都回到家，我们还站在落雨的街头跺脚生气、自怨自艾呢！

山不动有什么关系？我们走过去不也一样吗？就在我们抬脚往山那一边走的时候，每走一步，山就向我们移动一步了。

第五辑

幸福的开关

生命的幸福原来不在于人的环境、人的地位、人所能享受的物质，而在于人的心灵如何与生活对应。在生命里，人人都是有笑有泪；在生活中，人人都有幸福与忧恼，这是人间世界真实的相貌。

家舍即在途中

学道须是铁汉，着手心头便判。

通身虽是眼睛，也待红炉再煅。

锄麑触树迷封，豫让藏身吞炭。

鹭飞影落秋江，风送芦花两岸。

——浮山法远禅师

　　有一位大学毕业的少女，非常向往记者的工作，于是去投考新闻机构。

　　她被录取了，但是由于没有记者的空缺，主管叫她暂时做一些为同事泡茶的工作。对一个满怀梦想的女大学生，只为大家泡茶，心里当然非常失望。

不过，她想到公司也不是有意轻视她，待遇也不错，就安慰自己：不用急，将来一定有机会的！于是坦然去上班，每天为同事泡茶、倒茶。

三个月过去，她开始沉不住气了，心里总是对公司抱怨："我好歹也是大学毕业呀！却天天来给你们泡茶。"这样一想，她泡茶时就不像从前愉快，泡出来的茶也一天不如一天，但她自己并没有发现。

又过了一段时间，有一天她泡好茶端给经理喝，经理喝了一口就大骂起来。

"这茶是怎么泡的，难喝得要命，亏你还是大学毕业呢！连泡杯茶都不会！"

她真是气炸了，几乎哭出来："谁要在这鬼地方继续泡茶呢！"正准备当场辞职的时候，突然来了重要的访客，必须好好招待，她只好收拾起不满与委屈，想反正要离开了，好好泡一壶茶吧！于是认真泡一壶茶端出去，当她把茶端出去，转身要离开的时候，突然听到客人一声由衷的赞叹：

"哇！这茶泡得真好！"

别的同事（包括骂她的经理）都端起茶来喝，纷纷情不自禁地赞美："这壶茶真的特别好喝！"

就在那一刻，她自己也呆住了："只是小小一杯茶而已，竟然造成这么大的差异，或被上司大声斥骂，或被大家赞不绝口，这茶里显然有很深奥的学问，我要好好去研究……"

从此以后，她不但对水温、茶叶、茶量都悉心琢磨，就连同事的喜好、心情也细心体会，甚至连自己泡茶时的心情状态会带来的结果也了若指掌。很快，她成为公司的灵魂人物。不久，她被升为经理，因为老板心里想："泡茶都这么细心、专心的人，一定是很精明、难得的人才。"

这是日本禅师尾关宗园讲的一个真实故事，使我们发现生活中就有不可思议之处。不难了解其中的真意：同样的人、同样的茶可以产生完全不同的结果，造成结果的显然不是人，也不是茶，而是专心的投注和体验的心情。一个会泡茶的人与一般人不同的是，不论喜怒哀乐，他在泡茶时可以完全专心地融入，因此在茶里有了一体、无心之感，茶的美好风味就得到展现了。

从前，我刚进一家大报馆工作，报社派给我的第一个工作是跑社会新闻。我去找总编辑，和他商量我的个性不适合打杀吵闹的社会新闻，较适合文教、副刊、艺术等工作。听完我的叙述，他笑起来，说："没有人天生下来就是跑社会新闻的呀！所以你也可以跑。"

于是我跑过社会、艺术、科技、经济，甚至产业新闻。后来社内权力斗争，我被派到一个非常冷门的单位，一时没有位子给我。我跑去问："我到底可以做什么？"总编辑说："你只要每天按时来喝茶、看报纸，时间到了就下班回家，每个月领一次薪水。"我真的每天专心地喝茶、看报，思考人生的意义。不久之后，我就离开报馆了。

"喝茶时喝茶""吃饭时吃饭""睡觉时睡觉"，禅师们如是说，里面有深意在焉，分别就在于无心或有心，专心或散心。专心喝茶的人才能品出茶的滋味，无心于睡觉的人才不会失眠。因此，我们遇到人生的转折时，若能无心于成败，专心于每一个转折，我们就可以免除执着的捆绑了。

黄龙禅师说："我手何似佛手？"（没有人天生下来就要成佛的，所以我也可以成佛）"我脚何似驴脚？"（连泡茶这种小事都做得很好的人，一定是难得的人才）"阿那个是上座生缘？"（成佛或泡茶都是我的本来面目）这样一参也就如是了。

特别在现代社会，大部分人从事的工作都不是自己热爱的，如果没有一些空间，就会陷入痛苦之境。而禅心正是在创造那个空间，使我们"家舍即在途中，途中不离家舍"，过一种如实的生活。若能专注地投入每一刹那，每一刹那都是人生的机会！

比云还闲

万松岭上一间屋，

老僧半间云半间。

三更云去作行雨，

回头方羡老僧闲。

——显万法师《庵中自题》

三十年前，我到美国演讲，朋友带我去参观一家企业总部的电脑机房。那一台电脑整整有一个房间那么大，操作起来，声音叽里呱啦，非常吓人。当时，我就想着：人们用这么巨大的东西，想要简化生活的流程，真是太奇怪了。

在三十年前，我第一次使用无线电话。当时我在报社当采访记者。为了方便采访，报社购置了几部汽车行动电话，接在汽车上，使用前一天就要申请，才能携带外出。

汽车行动电话重达五公斤，大小就像007情报员的手提箱，一部要价十五万元台币，正好可以在市郊买一间小房子。那时我的月薪四千八百元台币，要攒三年才能买一部汽车行动电话。因为汽车行动电话重而昂贵，每次采访结束后，都要从车上拆下，归还报社。

我们不只经历过资讯不便的生活，也经历过真正不便的日常生活。

小时候，没有洗衣机，我经常随母亲到河边洗衣，因为人口众多，每天要洗一箩筐衣服。我的工作是帮母亲泡湿衣服，以棒槌捶打，等母亲搓揉、清洗完毕，再与母亲一人一头，把衣服拧干。

洗一次衣服，往往需要一个下午。

当时也没有车子，出门往往以小时计算：上学，走一个小时；去姑妈家，走一个半小时；到外婆家，走两个小时；到山上的林场，走三个小时。

当时也没有冰箱，幸好食物不多，最好当日吃完；万一没吃完，要煮过、烫过、卤过，以免坏去。要长久储存，则要腌渍、晒干、发酵，极为费工。

当时更没有电饭锅，煮一餐饭，要从灶里生火开始，吹竹筒、烧大鼎，米浆和锅巴就是煮饭过程中的产物。一锅饭煮成了，大约要两三个小时。

……

比起从前，我们现在的生活便利何止百倍？我们所有的发明都在减少时间的浪费，我们的手机和电脑都已十分便携，随时能与天涯海角的人联络。

洗衣服，完全不必动手；煮饭，不必生火，甚至有免洗的米；冰箱贮满食物，可以一个月不出门买菜；汽车、高铁、地铁，我们的生活不再以"时"计算，而是以"秒"计算，汽车广告是"0到100公里，只要4.6秒"。

理论上，我们省下了许多时间，生活应该变得很悠闲了。

实际上，我们却变得更忙，因为我们的节奏变快，走得更远，人际关系更错综，生活更复杂。生活便利百倍，忙碌也是百倍。回首前尘，常常忍不住感慨：如果我不用电脑，放弃手机，安步当车，少用现代电子和机械，是不是能有从前悠闲的生活，或回到悠闲的心情呢？

"閒（闲）"这个字真好，是门里的月亮和门外的月亮相呼应，悠闲的人也正是门里常有月光的人。

清代作家李渔甚至为这种门里有月光的生活写了一部书《闲情偶寄》，我最喜欢其中的一段：

> 以无事为荣。夏不谒客，亦无客至，匪止头巾不设，并衫履而废之。或裸处乱荷之中，妻孥觅之不得；或僵卧长松之下，猿鹤过而不知。洗砚石于飞泉，试茗奴以积雪；欲食瓜而瓜生户外，思啖果而果落树头，可谓极人世之奇闻，擅有生之至乐者矣。

赤身躺在荷花池里，连妻儿都找不到。躺在松树下睡觉，猴子跳过和白鹤飞过，也不知道有人在树下。写完字，在瀑布下洗砚台，把雪水拿来试茶。想吃瓜就到屋外去摘，想吃水果就到树下去捡……这是人生珍奇的闲情，也是生活里最快乐的事！

唉唉！真实的生活里，谁还有这样的闲情逸致呢？

想到苏东坡有一句话："江山风月，本无常主，闲者便是主人。"

我想，生命需要减法，要有觉察地放下许多东西，要更从容、更慢、更有空间。

人人都想要浪漫的人生、浪漫的情感，却很少人知道，"浪漫"就是"浪费时间慢慢地走，浪费时间慢慢地吃饭，浪费时间慢慢地相爱，浪费时间慢慢地一起变老"！

悬崖边的树

我读初中的时候，成绩不好。由于对课外书及美术很热爱，我的初中生活一直过得迷迷糊糊，好像一转眼就升上初三了。

就在初三刚开始不久，父亲把我叫去，说："像你这种成绩，我的脸都被你丢尽了。我看你初中毕业不要去高雄参加联考了，你去台南考。"

我当场怔在那里，因为在我居住的乡镇，所有的孩子都是参加高雄联考。去台南考试，无疑就是放逐，连在乡镇里的旗美高中也不能考了。

不知道哪里来的勇气，我自己一个人跑到台南去考高中，发榜的时候，我发现自己考上一个从未听说过的高中——私立瀛海高中。

　　瀛海高中刚成立不久，是超迷你的学校，每一年级只有三个班，整个高中加起来只有三百多人。学校在盐分地带，几乎可以用"寸草不生"来形容，土地因为盐分过高，一片灰白色。学校独立于郊野，四面都是蔗田和稻田。

　　记得注册时爸爸陪我去，他看到那么简陋的校舍和荒凉的景色，大吃一惊，非常讶异地问我："你怎么会考上这种学校？"

　　由于学生很少，大部分的学生都住校，我也开始了离家的生活。

　　住在学校的时候，我认识了许多死党。加上无人管教，我的心就像鸟飞出笼子一样，几乎把所有的时间都用来读课外书、画画、写文章。每到假日，我就跑到台南市去看电影、逛书店。

　　我的高中生活大致是快乐的，除了功课以外。学校的功课日渐令我厌烦，赤字一天一天增加。到高一结束时，有一大半的功课都是补考才通过的。

　　这时，我暗暗地准备辍学或转学。当我把这想法告诉爸爸时，他气得好几天不和我说话。有一天他终于开口了："你再读一学期，真的不行，再转回来吧！

　　升上高二，我换了老师，他是一位七十岁的老头，听说早年在北京大学毕业，因为在省中退休，转到私校来教。他就是后来彻底改造我的王雨苍老师。

开学不久，他叫我去他家包饺子，然后告诉我："你在报纸上的文章我看过，写得真不错。"这是第一位确定那些文章是我写的老师，以前的老师都以为只是同名同姓的人。

然后，王老师告诉我，他从事教育工作快五十年了，学生的素质他差不多一眼就可以看出来。他之所以退而不休，转到私立学校教书，不只是因为兴趣，也是为了寻找沧海遗珠。

我吃完师母做的饺子，告辞的时候，王老师搂着我的肩膀说："你有什么想法，随时可以来找老师谈谈。林清玄，你不要自暴自弃呀！"我从未被老师如此感性地对待，当场就红了眼睛。

接下来就像变魔术一样，我把一部分的心力用在课业上，功课虽然不好，也还在及格边缘。

由于王老师的鼓励，我把大部分心力用在写作上，不仅作品陆续发表在报章杂志上，还连续两次得到全台南市中学作文比赛的第一名。这加强了我对自己的信心，也更坚定了日后的写作之路。

不管是写作文还是周记，或是发表在报上的文章，王雨苍老师总是仔细斟酌修改，与我热心讨论，使我在升学至上的压力中还有喘息的空间。渴望成为作家的梦想在我的高中生活中，犹如大海里的浮木，使我不致没顶。王老师则是和我一起坐在浮木上的人，并且帮我调整了浮木的方向。

在我高中肄业的时候，我不再对前途畏惧了。虽然大学的考试一直不顺利，但是我知道，我的写作不会再被动摇了。

一直到现在，只要我想起中学生活，王雨苍老师那高大的身影、红润的双颊就会在我眼前浮现。想到他最常对我说的："你一定会成功的，不要自暴自弃呀！"

我不知道自己是不是王老师寻找的沧海遗珠，但我知道好老师正如同悬崖边的树，能挡住那些失足坠落的学生。

现在时空遥隔了，老师的魂魄已远，但我仿佛看到在最陡峭的悬崖边，还长着翠绿的大树。

让
人
生
无
悦

前一阵子，淡水列车停驶的消息，每天都登满报纸的整版，许多人说出了他们心中的惆怅。然后，火车停驶了，淡水列车走完最后一程，也如一道轻烟，在传播媒体中飘飞散去了。我想起一些报章杂志上热门不已的事件，在极短暂的时间内被遗忘，这愈发使我感受到这是一个快速变动的时代、善于遗忘的时代、无可奈何的时代。

就像有人问我的一样："一件事物的消失原是自然的事，为什么淡水列车会引动那么多人的情绪呢？"

是的，不只是淡水列车，一切世间的事物如果有起始，就终究会消失的。然而一切事物在形式上虽然逝去，有一些隐藏在形式背后的东西却会留存下来，那些能穿越时空之流的东西就是对人生的感动与启示。

如果有一个人曾搭过淡水的火车，并在其中体会到人情社会的温馨，或意识到窗外的景物之美，他就在那一刻获得生命的感动，淡水列车于是成为他生命里不可忽视的环节。听到火车要停驶，焉有不惆怅之理？这生命里的人情之温馨与美之感动，往往会成为我们心灵的力量来源，有如火车一样推动我们前行。

无情事物的有情寄托

生命里美的感动固然能拨动我们的情弦，但这些感动若能提升我们到智慧的启示，感动就能长存。以淡水列车的停驶为例，至少有两部分可以给我们带来新的人生观点。

一是万事万物都有因缘的生起与灭去。淡水列车的历史或许比人的生命还长，但也只是缘起缘灭的过程，它每天按照固定的时间走着相同的路线，经过相同的站牌停靠。然而，它每天运载的人都不一样，它和许多不同的人结缘。它可能看见一个小孩子上车，而眼见孩子长大成人、老去。有一天，那孩子下车了，就永远不再上车。也可能，有一个人一生只坐过一次淡水列车，那么他们就仅有一面之缘。这样想时，我们会领悟到人生的历程也有如一列火车，大部分人的生命轨迹都是相似的，但所遭逢的因缘却有很大的不同。看见因缘聚散的实相，就会让我们穿过浮云，看见青天，知道因缘背后的意义。

二是因缘与情感是不能分开的，即使是无情的事物也可以成为有情的寄托。在这个世界上，就是再理智的人也需要情感的依靠，一个生命失落的人往往不是智识得不到满足，而常常是情感无所依托。我们心中有许多情感的油芯，却必须靠外在的因缘来点燃。许多坐过淡水列车的人都表示，这段火车象征了生命生长的历程，与火车的因缘虽了，情意却仍在，这才会让人感到若有所失。人与火车的关系让我们想到人与人间的情感与因缘，不也与火车十分相似吗？

无情可寄是生命的悲哀

人必须寄情于某些事物，才能使人生过得坦然、勇毅，这是无法避免的事。当然，在我们年轻的时候，很少会想到"寄情"这样的字，因为我们要忙着课业、忙着恋爱、忙着追求理想，实在是无情可寄。可是如果我们在青年时代不能认识到自己的志趣所在、性灵所趋，等我们进入社会一段时间，婚姻、工作都稳定之后，就会很快地感受到人生的困乏与单调。接着，不仅会失去工作的热情，甚至连生命最基本的追求也被消磨了。

在我十几年极端忙碌的工作经验中，看到许多无情可寄的中老年人，他们通常会展现出两种状态。一种是冷酷的工作狂，他们不分日夜地工作，因为不工作会使他们立刻损失生命的价值，使他们立刻陷进悲哀与无助之中。他们有许多被认为是社会的成功者，有名、有利、有权势，但我们在这些人身上看不出人的舒缓、自在、从容、坦荡的风格，这实在是令人悲悯的。

另一种是放浪的麻醉者，他们在长久上班工作后，对人生真实的价值已失去追求，甚至对工作也已经绝望，工作只是糊口的工具罢了。不工作的时候，他们在黑暗的酒色之地把自己灌醉，或者徘徊在麻将台与舞厅之间消磨最后的壮志。我们在这些人身上看不出人的庄严、热情、积极、承担的气质，这更加令人同情。

如果是一个具有热血与理想的青年，进入一个新的工作，就会很快察觉到自己的上司或同事有许多这样的人，这还是好的。更糟的是，我们会发现许多主管是人格猥琐、道德沦落的人，他们不是无情可寄，而是把大部分的心力用来斗争、争宠、互相构陷，却又自以为得计。看到这样的人，会使我们愤懑、不平，甚至捶胸顿足，我在青年时代就时常有这样的心情。

我相信，没有任何青年希望自己变成那样的人，可是为什么现今的社会竟有这么多那样的人呢？说穿了很简单，就是四个字"无情可寄"。

— 自己有一片清朗天地

现代的城市生活其实很不适宜人的生活，过度的忙碌使城市人都像热锅上的蚂蚁，被一种不可控制的匆忙节奏所主宰，每天的时间都被零碎分割，很少人可以从容地过日子。再加上极度泛滥的物质诱惑，使人习惯于追求感官的生活，并误以为感官的生活才是精致的生活。大家拼命地忙，舍身地工作，无非是要换得感官的满足。还有，人人崇尚比较，从衣服的牌子、薪水的数目一直到房子、车子，无一不比，几乎没有人能安于现状、满足于生活。于是，大部分城市人都像走马灯，转个不停。

我在城市里的生活也有几十年，比我在乡下的岁月还长得多。早年依靠呼叫器与紧急电话过日子，到如今想起来还心惊肉跳。我之所以没有变成非常忙碌、极端感官、崇尚比较的城市人，到今天还能维持独特的风格面貌，未曾被这个城市"同质化"，就是因为落实了年轻时对志趣与性灵的追求，即使在最忙碌工作的那几年，我都没有放弃创作，以及对人类文化终极的关怀。这可以说是我的"寄情"。

寄情，不是在外面寻找寄托与慰藉。

寄情，是在转动的世界中，有自己不变的内在风格；是在俗世的花草中，有自己一片清朗的天地。

但是，寄情也不是与外在环境无关，譬如说生活在乡野的人，若要寄情于山水，心中必先有山水风格；生活在城市的人，若要寄情于人文，心中必先有人文气质。若无山水风格，则不能见山水之美，若无人文气质，则不能触及城市的心。

我非常赞同在年轻的时候，人能有所立志，因为有所立志，则可以开发出人心里无限的创造性。有了创造性，则不论从事什么职业，无论职位多么卑微，都能建立一个平坦、自然、无怨的生命态度。

_ 拯救城市人的心灵

今天我们在城市工作、生活，心里多少有一些无奈，但必须认识到我们为何选择城市而不选择乡村山野的生活，或甚至避居于山林深处。如果我们住在城市，只是因为城市比较容易谋得三餐、城市比较能享受生活，那么我们的生命意义不免会沦于狭小浅薄的境地。

我们不是为了这样而选择城市生活，我们应有更高越的胸襟。

至少对我来说，住在城市比较能让我完成一些对人、对文化、对创造的奉献，甚至是在更混乱的环境中来完成自我。城市虽是复杂的、多变的、欲望的、罪恶的地方，但在这些碰撞之中，会有火花产生。这些火花可以让我们反省人性，知道人不屈的自尊与独立的风格多么重要，并使我们知道要拯救人类的心灵，一定要从城市人的心灵救起。

最近，我常在星期天看一部美国的电视剧，这部剧台湾译成《铁胆柔情》，但原名是《城市之心》（ *Heart of the City* ）。它是讲一个纽约警官的故事，这位警官把自己看成是城市的心灵，企图用自己的热血与勇气来拯救一个罪犯充斥的城市。就是十岁的小孩子也看得出，这个小警官尽一生之力也不能完成他的志业，甚至还要付出比他的同事更大的代价（他的妻子就是被歹徒枪杀的）。

但是，它的感人之处就是他永远不能完成志业而永不放弃的精神，他的热血与勇气使他有独立的风格与卓越的志气。纵使这个城市会继续败坏下去，而一个警官的奉献是使这败坏少一些、慢一些的力量。

这种不可及的、伟大的理想之坚持，就是他的"寄情"，并不是处在罪恶的城市而使他有这种"寄情"，而是因为他先有了这样的人格，不论他从事什么职业、担任任何职位，他都会成为"城市之心"。

朋友，我相信你将来也会在城市求学、工作、生活，甚至把城市作为自己的根。我希望你在青年时代就能确立一些风格与情调，让自己也成为城市之心。我也深信你到了我这年纪，经验许多沧桑，看过许多的迷失与堕落，仍能在静夜独处时，听见自己青年时代跳动的心脏声音，感觉热烈的血液仍在胸腹流动。

人人都可能是庸碌单调的城市人，人人也都可能成为城市之心，你愿意怎么样来选择呢？

第五辑

幸福的开关

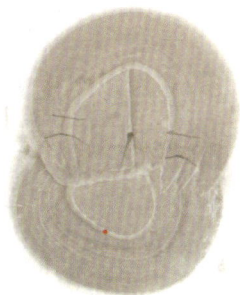

时到时担当

　　在我的家乡有一句大家常用的俗语："时到时担当，没米就煮番薯汤。"这是一句乐观的、顺其自然的话，大约相当于普通话里的"船到桥头自然直"，或是"兵来将挡，水来土掩"。

　　这句话由于我在家乡的时候听惯大人讲，便深深印在脑海。在我离开家乡以后，每次遇到有阻碍或困厄时，这句话就悄悄爬出来，"对了，时到时担当，没米就煮番薯汤，有什么大不了"。这样想起来，心就安定下来，反而能自然地度过阻难与困厄。

幼年时代，我常听父亲说这一句话，有一回就忍不住问父亲："没米就煮番薯汤，如果连番薯也没有了，怎么办？"

父亲习惯地拍拍我的后脑勺，大笑起来："憨囝仔！人讲天无绝人之路，年头不可能坏到连番薯都长不出来呀！"

确实也是如此，我们在农田长大的孩子虽然经验过许多的风灾、水灾、旱灾，甚至大规模的虫害，番薯大概是永远不受害的作物，只要种下去，没有不收成的。因此，在我们乡下的做田人，都会留出一小块地种番薯，平时摘叶子作青菜，收成时就把番薯堆在家里的床铺下，以备不时之需。在我成长的年月，我的床下一年四季都堆满番薯，每天妈妈生火做饭时抓两个丢进炉灶底的火灰里。饭熟了，热腾腾香喷喷的焖番薯也好了。

即使是战争最激烈、逃空袭的那几年，番薯也没有一年歉收。

在我从前的经验里，年头真如父亲所言，不可能坏到连番薯都长不出来。推衍出来，我们知道生活里有很多的挫败，只要能挺着，天就没有绝人之路。

后来我更知道了，像"时到时担当，没米就煮番薯汤"，心里的安慰比实际的生活来得重要。只要在困难里可以坦然地活下去，就没有走不通的路，因此如何使自己的心宽广，乐观地应对生活，比汲汲营营地想过好日子来得重要。归根结底乃不是米或番薯的问题，而是心的态度问题罢了。

　　"时到时担当"不仅是台湾农民在生活中提炼的智慧，也是非常吻合禅宗"当下即是""直下承担"的精神，此时此刻可以担当，就不必忧心往后的问题，因为彼时彼刻，我们也是如此承担。假如现在不能承担，对将来的忧心也都会因无用而落空了。

　　禅的精神与生活实践的精神非常接近，是一种落实无伪的生活观。我们乡下还有一句俗话："要做牛，免惊无犁可拖。"译成普通话的意思是，一个人只要肯吃苦，绝不怕没有工作，不怕不能生活。这往往是长辈用来安慰、鼓励找不到工作的青年，肯把自己先放在最能承担的位置，那么还有什么可惊呢？

　　这句话也是令人动容的。牛马在乡下，永远是最艰苦承担的象征，不过，那最重的犁也只有牛马才能拖动。学佛者也是如此，只怕自己不能承担，何惧于无众生可度呢！这样想，就更能体会"欲为诸佛龙象，先做众生马牛"的深意了。

　　我们不能离开世间又想求得出离世间的智慧，因为"佛法在世间，不离世间觉，离世觅菩提，犹如求兔角"，我们要求最高的境界，只有从自己的生活、自己的周遭来承担，来觉悟才有可能。

　　佛法中有"当位即妙""当相即道"的说法。所谓"当位即妙"，是不论何事，其位皆妙，就像良医所观，毒有毒之妙，药有药之妙。所谓"当相即道"，是说世间浅近的事相，都有深妙的道理。世间凡事都有密意，即事而真，就看我们有没有智慧了。

"时到时担当，没米就煮番薯汤。"也应该作如是观。真到没有米必须吃番薯汤的时候，是不是也能无怨，品出番薯也有番薯的芳香，那才是真正的承担。

十五楼观点

让人生无忧

　　我的工作室在十五楼，打开窗户，左边是观音山，正中是阳明山，可以看到半个台北盆地，还有无限的晴空。

　　来到工作室的朋友，常有两种极端的反应，一种是说，这么高的房子，视野开阔、空气清新，并能日日感知青天的白云与黑夜的星月。

　　另一种是说，哎呀！你怎么住这么高的地方，地震怎么办？台风怎么办？火灾怎么办？他一点也不能享受高楼的好处，就带着惊怕的心情离开了。

　　我在这里逐渐归纳出来，前者都是生性乐观、开朗，他们不论何时何地总看到事物美好的一面。后者则是生性悲观、忧郁，他们不管在何时何地都会自然地生起烦恼，由于烦恼，他们常常过着惊怕的日子。

其实，十五楼和十楼、五楼有什么不同呢？完全是个人的心之所受罢了。一切对待生活的态度都是因观点不同而产生的悲喜，就像十五楼的观点一样。

有一个朋友说："你住这么高，比较接近西方极乐世界呀！"

我听了笑起来，说："为什么极乐世界一定是在高的地方呢？"

只要观点恒常光明，极乐世界就在眼前，一时佛在。

太阳雨

对太阳雨的第一印象是这样子的：

幼年随母亲到芋田里采芋梗，要回家做晚餐。母亲用半月形的小刀把芋梗采下，我蹲在一旁看着，想起芋梗油焖豆瓣酱的美味。

突然，被一阵巨大震耳的雷声所惊动，那雷声来自远方的山上。

我站起来，望向雷声的来处，发现天空那头的乌云好似听到了召集令，同时向山头的顶端飞驰去集合，密密层层地叠成一堆。雷声继续响着，仿佛战鼓频催，一阵急过一阵，忽然，将军喊了一声："冲呀！"

乌云里哗哗洒下一阵大雨，雨势极大，大到数公里之外就听见噼啪之声，撒豆成兵一样。我站在田里被这阵雨的气势慑住了，看着远处的雨幕发呆，因为如此巨大的雷声、如此迅速集结的乌云、如此不可思议的澎湃之雨，我是第一次听见看见。

说是"雨幕"一点也不错。那阵雨就像电影散场时拉起来的厚重黑幕，整齐地拉成一列，雨水则踏着军人的正步，齐声踩过田原，还呼喊着雄壮威武的口令。

平常我听到大雷声都要哭的，那一天却没有哭，就像第一次被鹅咬到屁股，意外多过惊慌。最奇异的是，雨虽是那样大，离我和母亲的位置不远，而我们站的地方依然阳光普照，母亲也没有跑的意思。

"妈妈，雨快到了，下很大呢！"

"是西北雨，没要紧，不一定会下到这里。"

母亲的话说完才一瞬间，西北雨就到了，有如机枪掠空，哗啦一声从我们头顶掠过。就在扫过的那一刹那，我的全身已经湿透。那雨滴的巨大程度也超乎我的想象，炸开来几乎有一个手掌大小，打在身上，微微发疼。

西北雨淹过我们，继续向前冲去。奇异的是，我们站的地方仍然阳光普照，落下的雨丝恍如金线，一条一条编织成金黄色的大地，溅起来的水滴像是碎金屑，真是美极了。

母亲还是没有要躲雨的意思，事实上空旷的田野也无处可躲。她继续把未采收过的芋梗采收完毕，记得她曾告诉我，如果不把粗的芋梗割下，包覆其中的嫩叶就会壮大得慢，在地里的芋头也长不坚实。

把芋梗用草捆扎起来的时候，母亲对我说："这是西北雨，如果边出太阳边下雨，叫作日头雨，也叫作三八雨。"接着，她解释说："我刚刚以为这阵雨不会下到芋田，没想到看错了，因为日头雨虽然大，却下不广，也下不久。"

我们在田里对话就像在家中一般平常，几乎忘记是站在庞大的雨阵中。母亲大概是看到我愣头愣脑的样子，笑了，说："打在头上会痛吧！"然后顺手割下一片最大的芋叶，让我撑着，芋叶遮不住西北雨，却可以暂时挡住雨的疼痛。

我们工作快完的时候，西北雨就停了。我随着母亲沿田埂走回家，看到充沛的水在圳沟里奔流，整个旗尾溪都快涨满了，可见这雨虽短暂，却是多么巨大。

太阳依然照着，好像无视于刚刚的一场雨。我感觉自己身上的雨水向上快速地蒸发，田地上也像冒着腾腾的白气。觉得空气里有一股甜甜的热，土地上则充满着生机。

"这西北雨是很肥的，是对我们的土地最好的东西。我们做田人，偶尔淋几次西北雨，以后风呀雨呀，就不会轻易让我们感冒。"田埂只容一人通过，母亲回头对我说。

这时，我们走到蕉园附近，高大的父亲从蕉园穿出来，全身也湿透了，"咻！这阵雨真够大！"然后他把我抱起来，摸摸我的光头，说："有给雷公惊到否？"我摇摇头，父亲高兴地笑了："哈……金刚头，不惊风、不惊雨、不惊日头。"

接着，他把斗笠戴在我头上，我们慢慢地走回家去。

回到家，我身上的衣服都干了。在家院前，我仰头看着刚刚下过太阳雨的田野远处，看到一条圆弧形的彩虹，晶亮的横过天际，天空中干净清朗，没有一丝杂质。

每年到了夏天，台湾南部都有西北雨。有时午后刚睡好午觉，雷声就会准时响起，有时下在东边，有时下在西边，像是雨和土地的约会。在台北，夏天的时候如果空气污浊，我就会想："如果来一场西北雨就好了！"

西北雨虽然狂烈，却是土地生机的来源，也让我们在雄浑的雨景中，感到人是多么渺小。

我觉得这世界之所以会人欲横流、贪婪无尽，是由于人不能自见渺小，因此对天地与自然的律则缺少敬畏。大风大雨在某些时刻给我们一种无尽的启发。记得我小时候遇过几次大台风，从家里的木格窗，看见父亲种的香蕉，成排成排地倒下去，心里忧伤,却也同时感受到无比的大力,对自然有一种敬畏之情。

台风过后,我们小孩子会相约到旗尾溪"看大水",看大水淹没了溪洲,淹到堤防的腰际,上游的牛羊猪鸡,甚至农舍的屋顶,都在溪中浮沉漂流而去。有时还会看见两人合围的大树,整棵连根流向大海,我们就会默然肃立,不能言语。呀!从山水与生命的远景看来,人是渺小一如蝼蚁的。

我时常忆起那骤下骤停、瞬间阳光普照,或一边下大雨,一边出太阳的"太阳雨"。所谓的"三八雨"就是一块田里,一边下着雨,另外一边却不下雨。我有几次站在那雨线中间,让身体的右边接受雨的打击、左边接受阳光的照耀。

三八雨是人生的一个谜题,使我难以明白。问了母亲,她三言两语就解开这个谜题,她说:

"任何事物都有界限,山再高,总有一个顶点;河流再长,总能找到它的起源;人再长寿,也不可能永远活着;雨也是这样,不可能遍天下都下着雨,也不可能永远下着……"

在过程里固然变化万千,结局也总是不可预测的,我们可能同时接受着雨的打击和阳光的温暖,我们也可能同时接受阳光无情的曝晒与雨水有情的润泽。山水介于有情与无情之间,能适性地、勇敢地举起脚步,我们就不会因自然的轻踩得到感冒。

在苏东坡的词里有一首《水调歌头》,是我很喜欢的,他说:

落日绣帘卷，亭下水连空。

知君为我新作，窗户湿青红。

长记平山堂上，欹枕江南烟雨，杳杳没孤鸿。

认得醉翁语，山色有无中。

一千顷，都镜净，倒碧峰。

忽然浪起，掀舞一叶白头翁。

堪笑兰台公子，未解庄生天籁，刚道有雌雄。

一点浩然气，千里快哉风！

　　在人生广大的倒影里，原没有雌雄之别，千顷山河如镜，山色在有无之间，使我想起南方故乡的太阳雨。最爱的是末后两句：“一点浩然气，千里快哉风！”心里存有浩然之气的人，千里的风都不亦快哉，为他飞舞、为他鼓掌！

　　这样想来，生命的大风大雨，不都是我们的掌声吗？

让
人
生
无
忧

九月很好

让人生无忧

月亮与台风

快中秋了，阳历是九月。

孩子的自然课本上要求做九月天象的观察，特别是要观察记录月亮，从八月初记录到中秋节。

每天夜里吃过晚饭，孩子就站在阳台上等待月亮出来。有时甚至跑到黑暗的天台，仰天巡视，然后垂头丧气地进屋，说："月亮还是没有出来。"

我看到孩子写在习作上，几天都是这样的句子："云层太厚，天空灰暗，月亮没有出来，无法观察。"

最近这几天，连续几个台风来袭，月亮更连影子都没有。孩子很不开心，他说："爸爸，这九月怎么这么烂，连个月亮也看不见！"

"九月并不坏呀！最热的天气已经过了，气温开始转凉，是最美丽的秋天，有最好的月亮，只不过是这几天天气差一点而已。"

我告诉孩子，台风虽然是讨厌的、有破坏力的，但是台风也有很多好处，例如它会带来丰沛的雨量，解除荒旱的问题；例如它会把垃圾、不好的东西来一次清洗；又例如让我们感受到人身渺小，因此敬畏自然。

"既然不能观察月亮，你何不观察台风呢？"

"好主意！"孩子欢喜地说。

我看到他的作业簿上，写着诗一样的记录："风从东西南北吹来，云在天空赛跑，雨势一下大一下小，伞在路上开花。"

台风的美，可能也不输给月亮。

月亮永不失去

中秋节没有月亮真是扫兴的事。

我想到，我们在乎的可能不是月亮，而是在乎期待的落空，否则每个月十五都是月圆，大部分人都没有什么感觉的。

　　生活实在太忙了，一般人平常抽不出时间看天色，中秋几乎成为唯一看天空的日子。我们准备了月饼、柚子、茶食，就在表示我们是多么慎重地想看看月亮，让月亮看看我们。

　　好，月亮既然不出现，也就算了。我们吃吃月饼、尝尝柚子，在暗夜中睡去，明天再开始投入忙碌的生活，期待明年中秋的月亮。

　　其实，月亮是永不失去的，月亮看不见只是因为被云层遮蔽，它并不会离开它存在的地方。见不到月亮的人只是被云层所遮，并不是没有月亮。

　　可惜的是，我们一年才看一次月亮，有多少人一年里看见一次自我的光明呢？在这个世界上，没有人能真正了解或知道我们，如果连自己都不能寻找生命的根源，不能觉知自我的光明，就连自己也不能自知了。

　　理论上，人人都知道月亮随时都在。实际上，人们很不容易去触及那种光明，也不是那种光明不容易触及，而是我们不愿去实践、不愿去发掘，很少去走出户外。

孤单之旅

在这个寂寞的时代，没有人能完全地互相了解，即使是知己、最亲密的人，也难以触及我们的内在世界。

因此，每一次的人生，就是一段孤单之旅。

我时常在想，由于生命的孤单和不足，这人间才会分成男人和女人、父母和子女、朋友和敌人、丈夫和妻子。如果是在一个完美与圆满的世界，一个人已经很够了。

也因为这种孤单和分裂，我们之间永远不能互相了解。对于自己的心如果能了解、能坦诚面对，也就够了；对于别人的心意，如果能了解一部分，不互相对立，也就很好了。

生命之所以有这么多不同，有着各种因缘和关系，是希望我们能从孤单中走出，试着去知道生命的不足。也由于孤单与不足，才会有一些更高层次的东西触动我们、吸引我们、带领我们。

生命的触动

生命的触动是多么必要呀！

当某种语言触动了我们的思维，那就是诗歌或者文学；

当某种颜色触动了我们的眼睛，那就是绘画；

当某种声音触动了我们的心灵，那就是音乐；

当某种传奇或故事触动了我们，那就是戏剧呀！

当某种情感触动了我们，那就是爱；当某种爱提升了我们，那就是感恩；当某种感恩被触动，就可以吸引我们、带领我们，走向生命完美的归向。

_ 心地明明，乾坤朗朗

在现实的生命，没有什么是圆满的，有时平静，有时狂喜；时而寂寞，时而热闹；或者欢欣，或者悲哀。

在现实的宇宙，没有什么是完美的，有时风和日丽是狂风暴雨的预示；有时天晴云美是地震台风的前兆；有时呀！不测的风雨会在午后的大晴朗后出来。

我时常在想，这变动不居的宇宙是不是我们变动不居的心识之映现？如果心地明明，是不是就乾坤朗朗了呢？

我找不到答案。唯一知道的是，台风来的时候，如果我们把房子造得坚固一些，我们依然可以在平静温暖的灯下读书。

_ 悲伤与唱歌

生命不免会唱悲伤的歌。

但唱过歌的人都会发现，我们唱的歌愈是忧伤，就愈是能洗净我们的悲情。

"悲伤地唱歌"和"唱悲伤的歌"是很不同的。

不管是悲伤或者是唱歌，都只是人生的一小段旅途。

好的悲伤和好的唱歌都会令我们感动。感动是最好的，感动使我们知悉生命的炽热，感动使我们见证了心灵的存在，感动使我们或悲或喜，忽哭忽笑，强化了生命的弹性。

能悲伤是好的。

能唱歌是好的。

悲伤时好好地悲伤吧！

唱歌时高扬地唱歌吧！

_ 大不了

有几个朋友同时来向我诉苦。他们都在同一个办公室做事，关系不良、错综复杂，但他们分别是我的朋友。

他们相互之间看到的都是缺点，可能是距离近的缘故。

我看到他们的都是优点，可能是距离保持的缘故。

连续接几个电话下来，感觉就像是看《罗生门》一样，每一个都是真相，每一个也都不是真相。

对每一个朋友我总是说："别那么在乎，天下没有什么大不了的事！"

总统死了，会有新的总统；国家分裂了，会有新的国家；何况是小小的办公室呢？

真的，不必太在乎，不必太执着，天下没有大不了的事！

_ 九 月 很 好

九月是很好的月份。

中秋月圆、云淡风轻、温和爽飒。

真的，九月是很好的月份。

最近的那个台风也过去了，九月很好。

吃橙子引起的

　　最近到市场买橙子，发现橙子便宜得难以想象，八斤五十元。八斤五十元的橙子，平均一斤才六块钱。

　　每次发现农产品价贱如泥，我一方面为能吃便宜的水果欣喜，一方面则不禁想到种橙子的农民。如果在市场里一斤只有六元，那么在产地则可能只有两元。这样，一定是连成本都不够的。吃橙子时一想到这些，忍不住感到心痛。

　　偶尔，朋友约在大饭店见面，叫一杯橙子汁则要一百四十元，加上服务费就要一百五十四元。算起来，可以买二十五斤多的橙子。如果自己在家里榨橙子汁，一杯的成本只要六七元。

每次我计算给朋友听，大家都不禁沉默，特别是在严寒多雨的冬天想起来，农民可能冒雨到果园摘橙子，辛苦工作半日，赚的钱还不够在饭店里喝一杯橙子汁。那么我们坐在咖啡厅中，有人现场拉小提琴，喝着甜美的橙子汁，不应该没有感恩的心，要感恩那把橙子一斤才卖两块钱的农民呀！

　　对于像我这么喜爱吃水果的人，住在台湾感觉是前世修来的福气，四季都有非常美味的水果可吃，价钱都是那么便宜。

　　就以现在冬天来说吧！橙子八斤五十元，橘子三斤五十元，甘蔗一斤十元，木瓜一斤十五元，释迦一斤二十五元，枣子一斤二十元，四个大杨桃五十元，泰国种的大芭乐也是四个五十元，样样水果都是又便宜又好。要带两百元到市场去全用来买水果，要把买来的水果提回家，就感到负重而艰难了。

　　由于种植技术的改良，许多水果是四季都有得吃的，像香蕉、西瓜、番茄、哈密瓜、芭乐、杨桃、木瓜。现在甚至在冬天都可以吃到恒春的黑珍珠莲雾！

　　每次吃到这么好的水果，就感觉台湾的风土真好，台湾的农民值得敬佩。

　　但是非常悲哀的是，水果的产销问题一直不是很好，果农的生活也一直不能好转。在水果盛产的时候，常为了平衡价格，必须把整吨整吨的水果倒入海中。我父亲就是果农，从前每次因为生产过剩而仰天长叹的时候，总使我感到不解，后来才知道台湾水果的产销存在很大的问题。

产销是一问题，再制又是另一问题。水果是很脆弱、不能存放的，但是如果能再制，就会使水果保有一定的价值，再多的生产也不怕了。可惜台湾在这方面做得太少，在紧急的时候，完全束手无策，只好把好端端的水果丢弃。

水果的再制盛行于日本与东南亚国家。日本由于水果种类不多，许多水果仰赖进口，走精致化的路线，因此发展出水果再制的技术。在日本，几乎任何水果的罐头都可以买到，我在日本就买过一罐香蕉罐头。对蕉农子弟的我来说，从小看卡车把香蕉倒入河里，确实感到极大的震撼。

东南亚国家则走传统的路线。以香蕉为例，我在东南亚国家就吃过香蕉干、香蕉冰淇淋、香蕉饼干、香蕉蜂蜜。当时颇感疑惑，为什么同样盛产香蕉的我们，没有发展这样的周边事业呢？

最近，读到旗山一些朋友办的《蕉城杂志》，访问现任旗山海中校长李湘涛先生。李先生即将退休，他的心愿是在旗山经营一家推广香蕉制品的饮食店，使香蕉制品可以多元化发展。李校长是有心人，他的想法令人感佩。

转而一想，时常因生产过剩被倒入大海的橙子、番茄、西瓜是不是也可以再制而保留呢？我们的水果由于太多而倒掉，又拼命进口海外的果汁、水果糖、水果罐头，那不是本末倒置了吗？我们有那么多的农业专家，似乎应该有人对这些事做一个通盘的思考与规划，那么我们吃八斤五十元的橙子也才吃得安心呀！

让
人
生
无
忧

在飞机的航道上

一位年轻人说要带我去看飞机。"飞机有什么好看呢？"我说。他说："去了就知道。"

我坐上他的机车后座，在台北的大街小巷穿行，好不容易来到"看飞机的地点"。

虽然是黄昏了，草地上却有许多青年聚集在一起。远方火红的落日在都市滚滚红尘的衬托下，显得极为艳丽。

一架庞大的飞机从东南方向逆着太阳呼啸而来，等待着的年轻人全站直身子，两臂伸直，高呼狂叫起来。

啸声震天的飞机低头俯冲，一阵狂风席卷，使须发衣袖都飞荡起来，耳朵里嗡嗡作响。在尚未回过神的时候，飞机已经在松山机场降落。

我站在飞机航道上，回想着几秒钟前那惊心动魄的经验，身体里的细胞仿佛还随着飞机的喷射在震颤着，另一架波音737又从远方呼啸而来了……

载我来的青年，打开一罐啤酒，咕噜咕噜地灌进肚子里，说："很过瘾吧！"

这个心脏纯净、充满热力的青年，和我年轻时代一样，已经连着三次联考落榜，正在等待服兵役的通知。每天黄昏时分把摩托车飙到最高速，到这离飞机最近的航道，看飞机凌空降落。

他说："这城市里有许多心情郁卒的人，天天来这里看飞机，就好像患了某种毒瘾一样。"他正在说的时候，夕阳的最后一丝光芒沉入红尘。一架有四个强灯的飞机降落，在灰暗的天空射出四道强光。

青年把自己挺成树一样，怪声一口，回过头来再次对我说："真的很过瘾吧！"

"是呀！"我抬头看着飞机远去的尾灯，觉得如此迫近的飞行确实是震撼人心的。

"我每次心情不好，来看了飞机就会好过一点。站在飞机航道的我们是多么渺小，小得像一株草，那么人生又有什么好计较的呢？考试的好坏又有什么好计较呢？"

　　一直到天色完全沉黑了，虽然飞机依然从远方来，我们还是依依不舍地离开狂风飞扬的跑道。

　　我坐在机车后座，随青年奔驰在霓虹闪耀的城市，想着这段话：我们是多么渺小，小得像一株草，人生有什么好计较的呢？

于右任先生有一把漂亮的大胡子。有一天，他遇到一位小女生，对他的胡子感兴趣。这位小女生问于右老："您睡觉的时候，这一把胡子是放在棉被外面还是放在棉被里面？"

于老先生一时被问住了，想半天也想不起睡觉的时候胡子放在哪里，只好对小女孩说："我改天再告诉你。"

回到家里的那一天晚上，于右老失眠了。他先把胡子放在被子里，感到不对劲，又把胡子拉到被子外面，也觉得不对。他一个晚上就这样把胡子搬来搬去，结果不知道胡子到底是在被子里还是被子外。

很久以后，于右任终于弄清楚，他的胡子有时在棉被外，有时在棉被内。

其实，在我们的生活里，有许多事都和于右老的胡子一样，弄不清到底是什么面目。最简单的问题往往最不能找到答案，例如你下飞机的时候是右脚先下，还是左脚先下？

我有一个朋友是电影导演，他要到澎湖去拍戏。先找到一位密宗的大师看看到澎湖以后的运气，大师对他说："你下飞机的时候记得要左脚先下，否则你这一部电影就完蛋了。"

我的导演朋友下飞机时突然忘记了到底是应该左脚先下，还是右脚先下，站在飞机的阶道上呆住了，不敢跨出去。直到空中服务员赶他，他的右脚才跨出去。走了几步以后才想起大师叫他先放左脚，顿时捶胸顿足，把自己狠狠骂了一顿。后来电影不卖座，他一直恨着自己的右脚。

当然，这些习焉不察的事，有时对我们并没有什么伤害。可是有一些就有伤害了，例如你问一个抽烟的人：你一天抽几支烟，一支烟有多少尼古丁？我相信很少有人能精确地回答出来。或者说问一个普通人：你童年的时代什么样子？你青少年时代不是很有抱负的吗？今天你为什么变成这个样子？问题出在哪里？同样的，很少人能回答出来。

但是我们知道，抽烟对我们的身体有很大的伤害，如果我们不正视它，将来一定会出问题的。而我们过去有那么大的理想，今天为何没有成功，一定在某一个环节出了问题。如果我们找到了问题的症结，肯定对我们今后的成功有帮助。

我想，那时是因为习气。我们明明知道很多选择、很多习惯是坏的，偏偏要去做，这就是习气，是俗话说："野狗改不了吃屎。"路上的野狗你给它好东西吃，它吃到一半，闻到屎味又跑去吃屎了。许多戒烟的人老是戒不掉，就是这个道理。这样说似乎有点刻薄，然而，坏的习惯不正是如此吗？

曾经有一个失眠的人去找心理医生，心理医生教他数绵羊，那一天他又失眠了。医生问他，他说："绵羊都跑走了，抓不回来怎么办？"

医生说："你不要管它，假设你有一千只绵羊，跑掉一些有什么关系？"

第二天他又失眠了。医生问他原因，他说："我的一千只绵羊今天都数完了，明天怎么办？"

你看，习气是多么可怕的东西。如果一个人有坏的习气，即使有一百万只绵羊，也有数完的一天。

所谓成功的人生，就是一天减少一些习气。减少习气唯一的方法就是去面对它。

一九八六年三月一日

幸福的开关

让人生无忧

一直到现在，我每看到在街边喝汽水的孩童，总会多注视一眼。而每次走进超级市场，看到满墙满架的汽水、可乐、果汁饮料，心里则颇有感慨。

看到这些，总令我想起童年时代想要喝汽水而不可得的景况。早年的时候，乡间的农民虽不致饥寒交迫，但是想要三餐都吃饱似乎也不太可得，尤其是人口众多的家族，更不要说有什么零嘴、饮料了。

我小时候对汽水有一种特别奇妙的向往，原因不在汽水有什么好喝，而是由于喝不到汽水。我们家是有几十口人的大家族，小孩依大排行就有十八个之多。记忆里东西仿佛永远不够吃，更别说是喝汽水了。

喝汽水的时机有三种，一种是喜庆宴会，一种是过年的年夜饭，一种是庙会节庆。即使有汽水，也总是不够喝，到要喝汽水时好像要进行一个隆重的仪式。十八个杯子在桌上排成一列，依序各倒半杯，几乎喝一口就光了。然后大家舔舔嘴唇，觉得汽水的滋味真是鲜美。

有一回，我走在街上的时候，看到一个孩子喝饱了汽水，站在屋檐下呕气，呕——长长的一声。我站在旁边简直看呆了，羡慕得要死掉，忍不住忧伤地自问道："什么时候我才能喝汽水喝到饱？什么时候才能喝汽水喝到呕气？"因为到读小学的时候，我还没有尝过喝汽水喝到呕气的滋味，心想，能喝汽水喝到把气呕出来，不知道是何等幸福的事。

当时家里还点油灯，灯油就是煤油，闽南语称作"臭油"或"番仔油"。有一次我的母亲把臭油装在空的汽水瓶里，放置在桌脚旁。我趁大人不注意，一个箭步就把汽水瓶拿起来往嘴里灌，当场两眼翻白、口吐白沫，经过医生的急救才活转过来。为了喝汽水而差一点丧命，这件事后来成为家里的笑谈，却并没有阻绝我对汽水的向往。

在小学三年级的时候，有一位堂兄快结婚了。我在他结婚的前一晚竟辗转反侧，失眠了。我躺在床上暗暗地发愿："明天一定要喝汽水喝到饱，至少喝到呕气。"

第二天，我一直在庭院前窥探，看汽水送来了没有。到上午九点多，看到杂货店的人送来几大箱的汽水，堆叠在一处，我飞也似的跑过去，提了两大瓶黑松汽水，就往茅房跑去。彼时农村的厕所都盖在远离住屋的几十米之外，有一个大粪坑，几星期才清理一次。我们小孩子平时是很恨进茅房的，卫生问题通常是就地解决，因为里面实在太臭了。但是那一天我早计划好要在里面喝汽水，那是家里唯一隐秘的地方。

我把茅房的门反锁，接着打开两瓶汽水，然后以一种虔诚的心情，把汽水咕嘟咕嘟地往嘴里灌，就像灌蟋蟀一样，一瓶汽水一会儿就喝光了。几乎一刻也不停地，我把第二瓶汽水也灌进腹中。

我的肚子整个胀起来，我安静地坐在茅房地板上，等待着呕气。慢慢地，肚子有了动静，一股沛然莫之能御的气翻涌出来，呕——汽水的气从口鼻冒了出来，冒得我满眼都是泪水。我长长地叹了一口气："这个世界上再也没有比喝汽水喝到呕气更幸福的事了吧！"然后朝圣一般打开茅房的木栓，走出来，发现阳光是那么温暖明亮，好像从天上回到了人间。

每一粒米都充满幸福的香气

在茅房喝汽水的时候，我忘记了茅房的臭味，忘记了人间的烦恼，觉得自己是世上最幸福的人，一直到今天我还记得那年叹息的情景。当我重复地说："这个世界上再也没有比喝汽水喝到呕气更幸福的事了吧！"的时候心里百感交集，眼泪忍不住就要落下来。

贫困的岁月里，人也能感受到某些深刻的幸福。像我常记得添一碗热腾腾的白饭，浇一匙猪油、一匙酱油，坐在"户定"（厅门的石阶）前细细品味猪油拌饭的芳香，那每一粒米都充满了幸福的香气。

有时这种幸福不是来自食物。我记得当时在我们镇上住了一位卖酱菜的老人，他每天下午的时候，都会推着酱菜摊子在村落间穿梭。他沿路都摇着一串清脆的铃铛，在很远的地方就可以听见他的铃声。每次他走到我们家的时候，都在夕阳将落下之际。我一听见他的铃声跑出来，就看见他浑身都浴在黄昏柔美的霞光中。那个画面、那串铃声，使我感到一种难言的幸福，好像把人心灵深处的美感全唤醒了。

有时幸福来自于自由自在地在田园中徜徉了一个下午。

有时幸福来自看到萝卜田里留下来做种的萝卜，开出一片宝蓝色的花。

有时幸福来自家里的大狗突然生出一窝颜色都不一样的、毛茸茸的小狗。

生命的幸福原来不在于人的环境、人的地位、人所能享受的物质，而在于人的心灵如何与生活对应。幸福不是由外在事物决定的，贫困者有贫困者的幸福，富有者有富有者的幸福，位尊权贵者有其幸福，身份卑微者也有其幸福。在生命里，人人都是有笑有泪；在生活中，人人都有幸福与忧恼，这是人间世界真实的相貌。

从前，我在乡间城市穿梭做报道访问的时候，常能深刻地感受到这一点，坐在夜市喝甩头仔米酒配猪头肉的人民，他感受到的幸福往往不逊于坐在大饭店里喝 XO 的富豪。蹲在寺庙门口喝一斤二十元粗茶的农夫，他得到的快乐也不逊于喝冠军茶的人。围在甘蔗园呼吆喝六、输赢只有几百元的百姓，他得到的刺激绝对不输于在梭哈台上输赢几百万的豪华赌徒。

这个世界原来就是个相对的世界，而不是绝对的世界，因此幸福也是相对的，不是绝对的。

由于世界是相对的，使得到处都充满缺憾，充满了无奈与无言的时刻。但也由于相对的世界，使得我们不论处在任何景况，都还有幸福的可能，能在绝壁之处也见到缝中的阳光。

我们幸福的感受不全然是世界所给予的，而是来自我们对外在或内在的价值判断。我们的幸福与否，正是由自我的价值观来决定的。

_ 以直观来面对世界

如果，我们没有预设的价值观呢？如果，我们可以随环境调整自己的价值判断呢？

就像一个不知道金钱、物质为何物的赤子，他得到一千元的玩具与十元的玩具，都能感受到一样的幸福。这是他没有预设的价值观，能以直观来面对世界，世界也因此以幸福来面对他。

就像我们收到陌生者送的贵重礼物，给我们的幸福感还不如知心朋友寄来的一张卡片。这是我们随环境来调整自己的判断，能透视到物质包装后的心灵世界，因此以幸福来面对我们的心灵。

所以，幸福的开关有两个，一个是直观，一个是心灵的品味。

这两者不是来自远方，而是由生活的体会得到的。什么是直观呢？

好好地吃饭、好好地睡觉就是最大的幸福，最深远的修行，这是多么伟大的直观！在禅师的语录里有许多这样的直观，都是在教导启示我们找到幸福的开关，例如：

百丈怀海说："如今对五欲八风，情无取舍，垢净俱亡，如日月在空，不缘而照；心如木石，亦如香象截流而过，更无疑滞，此人天堂地狱所不能摄也。"

庞蕴居士说："神通并妙用，运水与搬柴。""好雪片片，不落别处。"

黄檗希运："凡人多不肯空心，恐落于空。不知自心本空，愚人除事不除心，智者除心不除事。"

在禅师的话语中，我们在处处都看见了一个人如何透过直观，找到自心的安顿、超越的幸福。若要我说世间的修行人所为何事，我可以如是回答："是在开发人生最究竟的幸福。"这一点，禅宗四祖道信早就说过了，他说："快乐无忧，故名为佛！"读到这么简单的句子使人心弦震荡，久久还绕梁不止，这不是人间最大的幸福吗？

只是在生命的起落之间，要人永远保有"快乐无忧"的心境是何其不易，那是远远越过了凡尘的青山与溪河的胸怀。因此另一个开关就显得更平易了，就是心灵的品味，仔细地体会生活环节的真义。

_垂丝千尺，意在深潭

现代诗人周梦蝶，他吃饭很慢很慢，有时吃一顿饭要两个多小时。有一次我问他："你吃饭为什么那么慢呢？"

他说："如果我不这样吃，怎么知道这一粒米与下一粒米的滋味有什么不同。"

我从前不知道他何以写出那样清新空灵、细致无比的诗歌，听到这个回答时，我完全懂了。那是自心灵细腻的品味，有如百千明镜鉴像，光影相照，使我们看见了幸福原是生活中的花草，粗心的人践花而过，细心的人怜香惜玉罢了。

这正是黄龙慧南说的："高高山上云，自卷自舒，何亲何疏？深深涧底水，遇曲遇直，无彼无此。众生日用如云水，云水如然人不尔。若得尔，三界轮回何处起？"

也是克勤圆悟说的："三百六十骨节，一一现无边妙身；八万四千毛端，头头彰宝王刹海。不是神通妙用，亦非法尔如然，苟能千眼顿开，直是十方坐断！"

众生在生活里的事物就像云水一样，云水如此，只是人不能自卷自舒、遇曲遇直，都保持幸福之状。保有幸福不是什么神通，只看人能不能千眼顿开，有一个截然的面对。

"垂丝千尺，意在深潭。"我们若想得到心灵真实的归依处，使幸福有如电灯开关，随时打开，就非时时把品味的丝线放到千尺以上不可。

人间的困厄横逆固然可畏，但人在横逆困厄之际，没有自处之道，不能找到幸福的开关才是最可怕的。因为这世界的困境牢笼不光为我一个人打造，人人皆然，为什么有的人幸福，有的人不幸，实在值得深思。

我有一位朋友，是一家大公司的经理。有一天，我约他去吃番薯稀饭，他断然拒绝了。

他说："我从小就是吃番薯稀饭长大的。十八岁那一年我坐火车离开彰化家乡，在北上的火车上，我对天发誓：'这一辈子我宁可饿死，也不会再吃番薯稀饭了。'"

我听了怔在当地。就这样，他二十年没有吃过一口番薯，也许是这样决绝的志气与誓愿，使他步步高升，成为许多人欣羡的成功者。不过，他的回答真是令我惊心，因为在贫困岁月抚养我们成长的番薯是无罪的呀！

当天夜里，我独自去吃番薯稀饭，觉得这被视为卑贱象征的地瓜，仍然滋味无穷。我也是吃番薯稀饭长大的，但不管何时何地吃它，总觉得很好，充满了感恩与幸福。

　　走出小店，仰望夜空的明星，我听到自己步行在暗巷中清晰而渺远的足音，仿佛是自己走在空谷之中。我知道，我们走过的每一步不一定是完美的，但每一步都有值得深思的意义。

　　只是，空谷足音，谁愿意驻足聆听呢？

屋里的小灯虽然熄灭了，但我不畏惧
黑暗，因为，总有群星在天上。爱情虽
然会带来悲伤，一如最美的玫瑰有刺，
但我不畏惧玫瑰，因为，我有玫瑰园，
我只欣赏，而不采摘。

快乐真平等

有一个社团来请我演讲。令我感到意外的是，参加这社团的人至少都拥有上亿的财富。

我从来没有为这么有身价的人演讲过，便询问来联络的人："这些有财富的人要知道什么呢？"

"因为他们拥有太多的财富，有一些人已经失去快乐的能力！"

"怎么会呢？有钱不是很好的事吗？"我感到疑惑，可能是我从未想象有那么多财富，因而无从理解。

"会呀！一般人如果多赚一万元会快乐，对有十亿财产的人，多赚一百万也不及那样快乐。有钱人吃也不快乐，因为什么都吃过了，不觉得有什么特别好吃。穿也不快乐，买昂贵的衣服太简单，不觉得穿新衣值得惊喜。甚至买汽车、买房子、买古董都是随意之举，也没有喜乐了。钱到最后只是一串数字，已经引不起任何的心跳了。"

不只如此，这位有钱人的秘书表示，富有的人由于长时间的养尊处优，吃过于精致的食物，缺乏体力劳动，健康普遍都亮起黄灯和红灯，高血压、心脏病、糖尿病患者比比皆是。

他说："林先生，到底有什么方法可以让有钱的人也得到快乐，拥有健康的身心呢？"

这倒使我困惑了，这世界上似乎有许多的药方，以及祖传的秘方，却没有一种是来治愈不快乐的。如果有人发明了这种秘方，他可能很快变成富有的人，连自己都会因财富而失去快乐的能力了。

我时常觉得，这世界在最究竟的根源一定是非常公平的。这不只是由于因果观点，而是一个人在一生中所能享有的福气有限，一旦在某方面有所得，在另一方面必然会有所失。虽然一个人也可能又有财富，又有权势，又有名声，又有健康，又有娇妻美眷，又能快乐无忧，但这种人千万不得一，大部分人都是站在跷跷板上，一边上来，另一边就下去了。

对于富人的问题，宋代思想家林逋在《省心录》中说："安乐有致死之道，忧患为养生之本。"又说："心可逸，形不可不劳；道可乐，身不可不忧。"意思是在生活上适度地欠缺，其实是好的，适度地劳动或忧患，不仅对人的身心有益，也才能体会到幸福的可贵。《左传》里说得更清楚："善人富，谓之赏；淫人富，谓之殃。"（和善清净的人富有了，是上天的奖赏；纵欲淫邪的人富有了，正是灾祸的开始。）

清朝的魏源在《默觚下》中说："不幸福，斯无祸；不患得，斯无失；不求荣，斯无辱；不干誉，斯无毁。"对得失与代价的关系说得真好。生活的喜乐也是如此，想想幼年时代物质严重缺乏，不管吃什么都好吃，穿什么新衣都开心，换了一床新棉被可以连续做一个月的好梦。事实上，在最欠缺的时候，一丝丝小小的得，也就有无限的幸福；什么都不缺的时候，却是幸福薄似纱翼的时候呀！

我很喜欢李商隐的两句诗："欲就麻姑买沧海，一杯春露冷如冰。"（我想从麻姑仙子那里把沧海买下来，没想到她的沧海只剩下一杯冰冷的春露）我们在人生历程中的追求不也如此吗？财富、名位都只是一杯冰冷的春露！

但富人不是不能快乐，只要回到平凡的生活，不被财富遮蔽眼睛，发掘出人的真价值，多劳作、多流汗；培养智慧的胸怀，不失去真爱与热情，则人生仍大有可为，因为比财富珍贵的事物多的是。

如果埋身于财富，不能解脱，那么"末大必折，尾大不掉"（树枝末梢太粗大，树干一定折断；动物的尾巴太大了，就不能自由地摇动了。语出《左传》）。如何能有快乐之日？心里不自由，身体自然难以健康了。

不过，我对富者的建议，可能是不切实际的，因为我不是富人，无从知悉他们的烦恼。

假如富人也还是人，我的意见就会有用了。站在人本的立场，这世间的快乐和痛苦还真平等呢！

自力造屋

　　五百多位学者因为品质稍好的房子实在太贵了，而负担得起的房子品质又太差，因此自己购地、自力建设了一个占地八十甲（约合七十七万平方米。——编者注）的"学人社区"。

　　报纸上说，房子盖好以后，每户有一百坪（约合三百三十平方米。——编者注）的房子，平均有三百坪绿地。这样的房子如果由建设公司来盖，叫价会高达三千万元，可是学者自己盖，花费还不到一千万，不到市价的三分之一。

　　看了这则新闻，使我十分感慨，感慨于台湾近几年来房价没有理由地飙涨，政府与人民都束手无策。这种涨价之风不只在台北、台中、高雄等大都市，连偏远的乡镇，房价也十分高昂，实在不是普通人负担得起。

不要说是三千万的房子，现在最普通的房子也要一千万。一位中级职员，薪水以三万元计算，不吃不喝也要三十年才买得起房子。生活稳定的职员尚且如此，一般收入不固定的人就更惨了。以我们作家为例，文章一字一元的媒体比比皆是，那么要写一千万字才能买到一所房子。

一般人对一千万元有概念，对一千万字就没什么概念。现代的书每本约五万字到十万字，意思是说一个作家要写一百本到两百本的著作才能买房子。那么，到底台湾有几位一辈子能写千万字的作家呢？如此一问，房价那种完全没有理性的高价位就更显得荒谬不伦了。

从这一点看起来，学者们盖自己的社区，实在具有强烈的象征意义，象征了政府应该投注更多的心力来抑制房价的上涨，使一般辛勤工作的人都有能力买得起房子；象征一般人不应该向房地产的暴利妥协，房屋价格的天平取决于供需，如果人人都能对高房价有抗争之心，房价自然会拉平；也象征了我们即使在最唯利是图的社会，也应该保有知识分子的尊严。

因此，学者们的"自力造屋"，可以有一些示范作用。让买不起房子，或者买得起、不愿屈从于暴利的人，能组织起来，自己建屋。这样至少可以减少建筑商从中抽取的利润，代销公司的促销费用，以及广告费、样品屋、工地秀、明星剪彩等等开销。

现在稍有知名度的明星剪彩一次就要百万元，以一百户的社区为例，等于每人要交一万元让明星剪彩，你看，这多划不来呀！自力造屋想必会是将来的潮流，就是因为实在看不惯那些表面风光的大手笔，以及内部暴利的大剥削。

学者盖屋容易，因为同质性高，大家意见可以通过理性沟通，所以盖屋容易。一般人很难组织，因此他们要想享受自力造屋的利益，是非常困难的。

假若我们的政府也愿意为房价的高昂负一点责任，那么配合自力造屋，可以有许多优惠的办法。例如给予更好的赋税及贷款的优待；例如以公家的土地提供给自力造屋者，土地所有权还是在政府手里；又例如兴建"学者社区""艺术村""劳工社区"来照顾那些永远也买不起房子的劳工、艺术家和知识分子。

我们这个社会房价过高，绝对是人为的剥削，而不是自然的发展。那些既得利益的剥削者财大气粗，他们是不可能改变的，我们这些小老百姓，只好自求多福。

自求多福的方法就是反剥削、反暴利，对一切不合理的东西都有抗争的心，人人都不被牵着鼻子走，房价还会高到什么地方去呢？

趁着开春，房地产商人大举出击，我们要以平常心来看待，有恃无恐，住不起市区的房子，住郊区也不妨；买不起房子，租房子住也无碍；静观其变，才不会受房子宰制而烦恼。

　　然后把看房屋广告、跑工地的时间节省下来，好好思考自力造屋的可行性，说不定会开出一片新的天地哩！

一场游戏一场梦

让人生无忧

虚无是实体，

人我何所存？

妄情不须息，

即泛般若船。

——牛头慧忠禅师

　　一群孩子在海边玩耍，他们以海边的沙子堆沙堡。

　　一个孩子把沙子堆集起来，建造了一座城堡，然后对其他孩子宣布："这是我的城堡。"然后就不准别人靠近他的城堡了。

其中如果有一个孩子破坏了另一个孩子的城堡，拥有那城堡的孩子就会非常恼怒。他不但会冲向前去打那破坏城堡的孩子，甚至会纠结其他的孩子去打那破坏城堡的孩子，等到把他打倒在地，又各自回去玩自己的城堡。

沙滩上不时传来这样的声音：

"这是我的城堡，我要永远拥有它。"

"世界上只有我的城堡最美，谁的也比不上。"

"走开！别碰我的城堡！"

"你再走近一步，我就揍死你！"

孩子们在玩沙堡的时候，很难互相欣赏别人的城堡，而且他们非常投入，以为那是真的城堡，忘记那只是海边的沙子。有时遇到风雨吹坏了城堡，他们就会怀恨和咒骂风雨，忘记城堡是偶然的建造，而风雨是天地的必然！

很快，黄昏来临了，天即刻就要黑了，每一个孩子都不自禁地想起自己的家，不管多么喜欢城堡的孩子也不得不回家了。甚至没有人在乎自己的城堡，也不在乎别人的城堡了。

一个孩子首先踢倒自己的城堡，别的孩子群起仿效，把城堡一一破坏、铲平。

最后，他们头也不回地走回家，海边只剩下空荡寂寞的沙滩。

夜里潮水涨了，在第二天天亮时分，没有人看得出昨天这里曾有许许多多的城堡。

这是《瑜伽师地论》里的一个譬喻，它很深刻地说明了人对一切的执着就有如海边玩沙堡的孩子，到最后终归要舍弃。可惜的是，大部分人不能在白天时就看清沙堡是不真实的"幻有"，要等到太阳下山的时候，才不得不离去。

禅，在某一个层面来说，就是在破这种执着，是要在朗朗乾坤、明明天空的时候，就看清了回家的路。于是，禅者可以像一般人一样建造沙堡，但早已知道沙堡终必毁坏，归于空无。有一位僧人去请教一位禅师："劫火洞然，大千俱坏，未审这个坏不坏？"

禅师说："坏！"

他又去请教另一位禅师同样的问题。

禅师说："不坏！"

对于一个勘破执着的人，犹如鱼跃于渊，鸢飞于天，哪有什么坏与不坏的问题？因为我与大千合一，法尔自然，从空处来，也从空处去，无所从来，也无所从去！

走在沙滩上的禅师也会有玩沙堡的兴致，但是于他只是一场游戏，他不会执迷于自我的城堡。因此，从世间的层面看来，他仍然是以自己的个性来建造城堡，他的城堡则展现出一个作为"人"独具的风格。然而从超越的层面来看，他不会对城堡有情欲、占有、嫉妒的态度，因为他知道内观，明白宇宙的秘密之宝，也就是能看见回家的路。至于痛苦与矛盾的祸源，在他早就止息了。

我们看历史上的禅师，个个都是活泼跳跃地展现强烈的生命风格，那是由于他们看清了人生诡谲的面影，能以游戏的态度出入其间罢了。他们有时也会积极生活，那只不过在教人盖沙堡时要好好盖；他们有时放逐于山林之间，那是为了告诉我们，能踢倒沙堡的人具有最大的勇气。

明朝末年有一位名士侯方域写了一封信给槁木大师，其中有这样几句："人能自立，非有所建树，即有所捐舍。建树，庸人乘时亦能之，至于平生爱恋之外，往往以身名殉！然则能毅然捐舍者，乃真英雄也！"

"建树"与"捐舍"实在是人生两个极重要的东西，一般人也都能建树，可是唯有真正的英雄才会懂得"捐舍"。

人的生命风格之卓越、不凡、圆满，要从这两个角度来观察，一个真正的勇者，是要提得起！一个真正的智者，则是要放得下！

禅师的风格是这样建立起来的，是看清生命实相之后一种自然的表白，在圣不增，在凡不减。

从前有一位僧人问宝寿禅师说："万里无片云时如何？"

宝寿禅师说："青天也须吃棒！"

说得多么好呀！一个开悟的人如果留在空的世界停滞，不能看见众生的沙堡，也是应该打屁股的呀！

让
人
生
无
忧

_1

　　台北有一家大型的玩具连锁店，名字叫"梦奇地"，我偶尔会带孩子去看那些来自世界各地的玩具。我觉得玩具是梦想，也是魔幻，反过来看，有时候人生的一些情节也像玩具一样。

　　我问孩子："为什么这家玩具店叫'梦奇地'呢？"

　　他说："这表示是充满梦幻和奇想的地方。"

　　但是，看到这三个字，我时常想到的是：梦是奇怪的地方。

梦，也确实是奇怪的地方。有的人说"人生如梦"，有的人说"人生如戏"，到底人生是更接近梦，还是更接近戏呢？或者，人生像是一家玩具店，充满了梦想与奇戏，我们在里面不容易觉察到它只是一家玩具店，就像儿童走进玩具店一样，过度投入了。

因买不到玩具而赖在地上打滚号哭过的人，只有在走出店铺时才会发现，为买一个玩具而哭，实在是荒诞的。买到玩具的开心，也不能维持太久，因为只要是玩具，很快就会腻了。但，偶尔去玩具店，偶尔有游戏的心，偶尔在白日里做些梦，总是好的。

2

因此，我很感恩人有夜晚。人需要睡眠，人还可以有梦，如果一天二十四小时都是白天，都需要工作，都要面对血淋淋的人世，那是多么可怖呀！

睡眠，是关于死亡的练习。

梦境，是关于来生的练习。

夜晚，是关于温柔的练习。

种种练习都做好了，就叫作"至人无梦"。

_ 3

做无梦的至人是很好的，但凡人有梦也好，有平衡作用。

在噩梦中惊醒，吓了一身汗，说："还好是梦，我的坏境都在噩梦里发生过了，我的业障在梦中清洗了，现实生活一定不会这么糟了。"这样，对于苦境就不会执着。

在好梦里依依不舍地醒来："呀！可惜是梦，人间的好，也如是了。"那么，对于喜风就不容易倾动。

"梦里明明有六趣，觉后空空无大千"，这是禅家的开悟之语，很好。于真切的人生中，有可能是"生活明明有六趣，梦中空空无大千"，也未尝不美。

梦，是一个真实的丧失。真实，则是梦的丧失。

有时候，某些丧失并不是坏的，因为那是获得自我认识的一个方式。因此，每次从梦里醒来，总使我有一些欢喜——重新获得自己的欢喜。

南柯一梦，或者黄粱的一梦，有遗憾，有丧失，但是也有欢喜，有获得。庄子与蝴蝶的化身飞翔，是飞翔于梦与游戏之间，是自我证明的一次停格。

_ 4

《大智度论》否定梦的作用，说"梦非实事，尽属妄见"，主张梦是妄想非实的，不必在意。《大昆婆娑论》则说"梦为实有，若梦非实，便违契经"，主张人对于自己的梦，也应该负起道德的责任。

有些经典说梦不是实有，但也有些经典肯定了梦里的境界。这不是经典有所矛盾，而是，对于执着于梦的人，要放下梦里的所见，对于轻视梦的人，要正视梦的象征与意义。

一切法如梦，但是，梦不可以显现一切法吗？

"诸法实尔，皆从念生。"念，可以在生活中、在梦中、在一切处生起。

现实或许是一部分的梦，梦或许是一部分的现实，善观现实者可以看到"一切有为法，如梦幻泡影，如露亦如电，应作如是观"，善观梦者则可以觉知"寿暖及与识，舍身时俱舍，彼身弃冢间，无心如木石"。

梦或不梦不是重点，觉或不觉才是要义。

_ 5

有人来向我说噩梦，我会安慰他。

有人来向我说好梦，我会点醒他。

对于自己，我也如是安慰，如是点醒。

_ 6

庄子《齐物论》里说："梦饮酒者，旦而哭泣；梦哭泣者，旦而田猎。方其梦也，不知其梦也。梦之中又占其梦焉，觉而后知其梦也。且有大觉而后知此其大梦也，而愚者自以为觉，窃窃然知之。'君乎？牧乎？'固哉！"

这段话很美，译成白话是："昨夜梦到开心喝酒的人，早上却痛苦地哭泣；昨夜梦到痛苦哭泣的人，早上却开心地去打猎。刚刚在做梦的时候，不知道自己在做梦。何况在梦中，有时还有梦呢，醒来以后才知道刚刚是梦。只有大觉悟的人，才知道人生是一场大梦。愚笨的人自以为觉悟，私底下好像已经知道了。可是他为什么还在分君分臣？明贵明贱？实在浅薄呀！

_7

世事一场大梦，人生几度新凉，流逝的我真像是一场梦，虽说梦里是那样真实，却如飘落的秋叶，一下就黄了，化为春泥了。

晚上做梦，不晓得是梦的人，醒来后，仍能记得千鸟的叫声。

在梦中为落花飘零惋惜，醒之后，心仍有惋惜之意。

清晨梦中，看到衣服里有着珠宝，使我迷惑了。

泽庵禅师曾写过《梦千首》来表达人生就像梦境。梦境虽是虚幻，但醒后还留着残心，是非常值得珍惜的。

我有时独坐静观，看见那些流去的岁月，恍然如梦，觉得梦里的人与我就像在镜中相逢，互相端视面目，谁是我？我是谁呢？

僧肇大师说："旋岚偃岳而常静，江河竟注而不流。野马飘鼓而不动，日月历天而不周。"确实，生命的奔驰有如野马，连日月也迅如流星。但是，谁看见了那常静、不流、不动、不周的自我呢？

这样想时，真像是听见了童年梦里的千鸟的鸣声。

有一句俗语说："滚动的石头不生苔。"意思是当一个人时常变化自己，那么他就可以时常保持光润的面貌。

但是，滚动的石头不生苔，是不是意味着静止的石头或生苔的石头是不好的呢？其实，光润之石固然好，生苔的石头也没有什么坏。再进一步说，滚动的石头是自愿地滚动呢，还是被别人滚动呢？如果是自愿滚动追求光润，光润就是好的。如果是想要生苔却被别人滚成光润，光润就是一件坏事了。

这真是一个大问题，每个人在童年或青年时代，都认为要自己转动，甚至来转动这个世界。但是到了中年以后就会发现，原来没有什么事情是可以由自己转动的，我们只是被外在的世界所转动的一粒石头罢了。于是大部分的中年人都失去了生苔的生命力，而有一种表面上看起来光润，事实上是世故的圆滑。

转动世界，或者只是小小地转动自己，都是何其不易！

当然，我们被世界转动，就容易得多了。

大部分人都会在这种转动里，落进一个无可奈何的境况，发现自己并没有转动世界的力量，却又不甘心落入完全被转动的地步。所以，就一直保持着继续奋斗的精神，流血流汗，耗费了大部分的青春。偏偏最后的结局还是世界在转动着，我们只是这转动中的一块石头，甚至一粒微尘！

可悲的不在于时空的辽远与世界的宽阔，而是我们的渺小与幽微。

不错，世界是不可转动，或者说转动世界是艰难的。那么现代人如何在认清这种实相之后，还能活得自在、积极、愉悦、明朗，同时不失去为理想奋斗的勇气呢！答案就是与转动的世界处于一种和谐的状态，并能冷静观照到自己的流转，使自己的心性独立于世界，有着独特的精神。

这听起来似乎有些晦涩，其实不难明白。我们虽然不免在物质上必须活在现实世界，我们也会在现实世界中一天天地老化，但是在精神上我们能超拔出来，以更宏大的观点看人生，而在心灵的深处不随年纪老去，保持着对世界新鲜而有希望的心情。

这就是"至道无难，唯嫌拣择，但莫憎爱，洞然明白"的精神。接受现实世界苦乐的转动吧！不要去分别、去爱憎，只要心里明明白白，就能容易地走上无上智慧的道路。

我们很容易能观察到，这世界上的儿童与青年，每一个都有不同的面目，他们通常能断然拒绝物欲的魅惑，追求理想的标杆。可是，这世界的中年人，往往丧失理想的标杆，趋入物欲的泥沼，这就是随外在世界完全转动的结果。

以至于，这个世界的中年人，不论男女，都有着相似的面貌与表情，那是由于世界不单转动他的现实，也转动了他的青春与心性，甚至转动了他为理想奋斗的热情了。

理解世界的转动是不可抗拒的，也理解与这转动和谐，同时知道有一个如如不动的本体，知觉有不可动转之处，这是转动的世界里能自在明朗的一种锻炼。

譬如，下雨天的时候，出门别忘了带伞，但保有春日晴好的心情。

譬如，处在黑暗的境况犹如进入戏院，能在黑暗中等待灿烂的电影开演。

譬如，成功的时刻不要迷恋掌声，因为知道最好的跑者都是不顾掌声，才跑在掌声之前。

　　譬如，在拥挤吵闹的公车上与人推挤，也能安下心来期待目的地，因为有一个目的地，其他的吵闹、挤迫，乃至于偶尔被冲撞，又有什么要紧呢？

　　转动者与被转动者，是我们所眼见的世界，或是我们不可见的自我呢？

到广州的广东药学院演讲，接待我的教授告诉我，就在不久前，学校的一个男生受不了感情的刺激，跳楼自杀。他自己只受了轻伤，却压死了一个来自珠海的大一女生。

我的讲题是"逆风穿云，绝境飞行"，副题是"如何面对挫折"。

教授感慨地说："林老师来得正是时候！"

"可惜还是来得晚！"我说。

广州是中国繁华的城市之一，广东药学院是很好的大学，有什么非死不可的理由呢？

教授说："在中国大陆，高中生自杀更多的是为了学业，大学生自杀则是为了爱情。在中国大陆，年轻人自杀造成的伤害特别惨痛，因为计划生育，他们都是家中的独生子女。孩子一自杀，父母、爷爷奶奶、外公外婆的一切希望全部破灭了！特别是高中生、大学生的父母都还是壮年，几十年面对这巨大的悲伤，想了就痛心不已！"

旁边的人全都陷入沉默。

我想到曾在上海小住，几乎每天都听到有人跳黄浦江自杀的消息。

我曾在北京小住，看报纸时而会看到有高中生受不了升学的压力，以死亡来终结自己生命的消息。

不只广州、上海、北京、台北，全世界的城市都有人在为自杀而苦恼。但令人哀痛的是，自杀会与癌症、心血管疾病、地球暖化、厄尔尼诺现象一样，一天比一天严重。

防治自杀，使那些不该死、不必死、不能死、不可死的青年活下去，是应该全球总动员的事。

教授问我："林老师有什么秘方呢？"

我没有秘方，但我知道如果教育制度不改变，升学的压力如此巨大，真的会有学生活不下去。改变教育制度，调整升学压力是不可避免的。

至于大学生的恋爱，当然是越开放越好，甚至应该开一些"恋爱学分"或"失恋学分"，列为必修课，使学生知道恋爱美好，也知道美好必然会失去，永远在爱中学习成长。

　　我说："美好恋爱条件的本质应该是深情的感动、浪漫的情怀、美好的向往。如果学生都能认识这种深情、浪漫与美好，失去也会留下动心的回忆，死亡将不是唯一的选择！"

　　我们不要责难那些为了爱情、为了前途而自杀的青少年。我就常常自责：正因为我们做得不够好，不够完善，下一代才会不肯活下去！

让
人
生
无
忧

总有群星在天上

我沿着长满绿茵的小路散步，背后忽然有人说："你还认识我吗？"

我转身凝视她半天，老实地说："我记不得你的名字了。"

她说："我是你年轻时第一次最大的烦恼。"她的眼睛极美，仿佛是大气中饱孕露珠的清晨，在试图唤醒我的回忆。

我默默地站了一会儿，感到自己就是那清晨。我说："你已卸下了你泪珠中的一切负担了吗？"

她微笑不语，我感觉到她的笑语就是从前的眼泪所化成的。

"你曾说，"看到我有如湖水般清澈平静，她忍不住低声地说，"你曾说，你会把悲痛永远刻在心里。"

我脸红了，说："是的，但岁月流转，我已忘记悲痛。"

然后，我握着她的手说："你也变了。"

"曾经是烦恼的，如今已变成平静了。"她说。

最后，我们牵着手在开满绿茵的小路散步，两个人都像清晨大气中饱含的露珠，清澈、平静、饱满。

"昨天悲痛的露珠早已消散，今晨的露珠也在微笑中，逐渐地消散了。"

这是泰戈尔《即兴诗集》里的一段，我改写了一点点，使它具有一些"林清玄风格"，寄给你。我觉得这一段话很能为我们情爱的过往写下注脚。我偶尔也会遇见年轻时给我悲痛与烦恼的人，感觉自己很接近这首叙事诗的心情。

我很能体会你此时的心情，因为不想伤害别人，以致迟迟不能做出分手的决定。你是那样的善良和纯真（就像少年时代的我），可是，往往因为我们不忍别人受伤，到最后，自己却受了最大的伤害。那就像把一支蜡烛围起来烧一样（因为我们怕烧到别人），自己承受了浓烟和窒息。其实，只要我们把蜡烛拿到桌面上，黑暗的房子看得更清楚，自己和别人说不定因此有一些光明与温暖的体会。

这些年来，我日益觉得智慧的重要。什么是"智慧"呢？

智是观察和思考的能力，慧是抉择与判断的能力。你的情形是很容易做观察和抉择的。爱上你的人是你不该爱的人，而选择分手可以使你卸下负担得到自由，为什么不选择及早地分手呢？你不忍对方受伤害，但是，爱必然会带着伤害，特别是不正常、不平衡的爱。伤害是必然的，我们要学习受伤，别人也要学习受伤呀！

我再译写一首泰戈尔的短诗给你：

> 烟对天空、灰对大地自夸：
> "火是我们的兄弟。"
> 悲伤对心、烦恼对生命自矜：
> "爱是我们的姊妹。"
> 问了火和爱，他们都说：
> "我们怎么会有那样的兄弟姊妹？"
> "我的兄弟是温暖和光明。"火说。
> "我的姊妹是温柔与和平。"爱说。

在我们生命的岁月里，火和爱或许是必要的，但不必要弄得自己烟尘滚滚、灰头土脸，也不必一定要悲伤和烦恼，那就像每天有黎明与日落一般，大地是坦然地承受罢了。不正常与不平衡的爱是人生最好的启蒙，就如同乌云与暴风雨是天空最好的启示一般。关于心、关于生命，没有什么是真正的伤害，也没有什么是真正的好，雨在下的时候可能觉得自己对茉莉花是有好处的，但盛开的茉莉花可能因为一场微雨凋落了；暴晒的阳光可能觉得自己会伤害秋日的土地，但土地中的种子却因为阳光发芽了。爱情的成熟与圆满正是如此，只要不失真心，没有什么可以伤害我们真实的生命。

在写信给你的时候，我的思想像一只天鹅飞翔，忆起自己在笔记上写过的一些东西：

箭在弓上时，箭听见弓的低语：

"你的自由是我给予的。"

箭射出时，回头对弓大声说："我的自由是自己的。"

没有飞翔，就没有自由。

没有放下，就没有自由。

没有自由，弓与箭都失去意义。

这些都是游戏的笔墨，我们千万别忘了弓箭之后有拉弓的力，力之后还有人，人还要站在一个广大的空间上。

人人都渴望爱情，即使我们正处在其中的爱情不是最好的，却因为渴求而盲目了，这一点连天神也不例外。希腊神话里太阳神阿波罗在追求神女达芙妮时，因为追不到，达芙妮被宙斯化成一棵月桂树。然后阿波罗感叹地说："你虽不爱我，但最低限度你必须成为我的树。"从此，阿波罗的头上总是戴着月桂冠，纪念他对达芙妮的爱。牧神潘恩则把女神灵化成一簇芦苇，并把她化成一支芦笛随身携带。世上最美的少年那喀索斯无法全心地爱别人（因为他太爱自己了），最后他化成池中的一朵水仙花。另一位美少年阿铿托斯则因为阿波罗的嫉妒而变成一枝随风飘泊的风信子……

神话是一个象征，象征人要从情爱中得到自由自在、无碍解脱是多么艰难呀！但是学习是人间的功课，到现在我还在学习，只是我每看到人在情爱中挣扎都感同身受，希望别人早日得到超越。那是因为我们的学习不一定要自己深陷泥沼才会体验到，有观照之智、抉择的慧，也知道那泥沼的所在和深浅，绕道而行或跨步而过。

希望下次收到你的信，就听见你的好消息。我们不必编月桂冠戴在头上，不必随身携带芦笛，人生有许多花朵等我们去采。如果只想采断崖绝壁那一朵绝美的百合，很可能百合没有采到，清晨已经消逝了。

珍惜青春是最重要的。在不正常、不平衡的爱里浪掷青春，将会使人生的黄金岁月过得茫然而痛苦。青春像鸟，应该努力往远处飞翔。爱情纵使贵如黄金，在鸟的翅膀上绑着黄金，也会使最善飞翔的鸟为之坠落！

> 屋里的小灯虽然熄灭了，
> 但我不畏惧黑暗，
> 因为，总有群星在天上。
> 爱情虽然会带来悲伤，
> 一如最美的玫瑰有刺，
> 但我不畏惧玫瑰，
> 因为，我有玫瑰园。
> 我只欣赏，而不采摘。

但愿这封信能抚慰你挣扎的心，并带来一些启示。

书生情怀

俞大维先生过世了。我想起从前当记者的时候，曾因访问而与俞先生长谈过，当时俞先生说的一段话，至今留给我非常深刻的印象。

他说，他一生做得最多的事是读书，觉得最有趣的也是读书，特别是读圣贤之书。他从童年时代会读书之后，几乎没有一天不读书，即使在战地，或公务繁忙的时候，也不忘记读书。他认为一个人读书多了，智慧自然会开，智慧开了，选择人生的道路便能明白、超然，不会陷入欲望的泥沼。

他还带我参观他的房子，可以说无处不是书。他说："有一些书是我读过很多次的。"

我想，俞大维先生有如此高的清望，广受人的敬爱，那不是因为他曾做过高官，而是由于他是个书生。可悲的是，近代为官的人虽有许多拥有高学历，有书生情怀的人却少见了，才使得大家特别怀念他。

什么是书生的情怀呢？首先的条件是不贪，"士不可不弘毅，任重而道远""无欲则刚"。人生的抉择是很奇怪的，有得必有失，一个人不可能一方面争名夺利，一方面做书生。俞大维先生一生在读书上花的心思，使他能安于平淡的生活。他的晚年日常都是穿一件 T 恤、一件牛仔裤，常常一餐只吃几个饺子，却能乐以忘忧，这真是读书读通了，看清了名利。

其次，应该是无畏，"自反而缩，虽千万人，吾往矣！"俞大维先生早年读书一级棒，后来从政，身先士卒，头部还被弹片射中，这个弹片一直到他火化之后才取出来。由于无畏，得到官兵的爱戴；由于无畏，他展现了强烈的爱国心。俞先生实为"书生也是勇士"示范了典型。

其三，应该是自然，有书生情怀的人，得则兼善天下，不得则独善其身，"道不行，乘桴浮于海"。不论环境如何改变，终能不改其书生的本色，语默动静之间，一派酣畅，不伎不求。俞大维先生从壮年以至老年，不论何时在媒体出现，总是一片天真自然，这种境界，非至人不能至。

其四，对真理的追求永不放弃，俞大维先生九十七岁皈依佛门，拜国内高僧忏云法师为师。报上说他一生是观音信仰的实践者，但始终不是正式的佛弟子，九十七岁时"想通了"，立志皈依学佛。这种"到死前最后一刻还保持向前的姿势"，真令人敬佩。他死后烧出象征修行成就的"舍利子"，就更令人赞叹了。

如今，典型虽在宿昔，哲人却已远去。想起从前在俞先生的书房畅谈《红楼梦》与中国历史的情景，俞先生患有重听，要大声说话才听得见。我走出俞家时，声音都哑了，思及中国历史上的书生，追求的不只是个人的大声说话，也希望能经世济民呀！

如果说俞大维先生的一生是一本书，每一个篇章对我们都是很好的功课，生命的历程不正是向那些有德者学习，使我们不贪、无畏、自然、追求真理吗？

在俞先生去世的同一天，陈履安宣布把住家捐给政府，认为自己是在做"面对贪念的功课"，我读了深受感动。世局虽然混乱，有书生情怀的人却能免于受染，陈履安先生在我看来，就是个书生。

学历很高的人从政是很好的，但在学历之内如果没有一些书生的情怀，不做一些人生的功课，那还不如做一个凡夫俗子哩！

情结之城

日本人拍摄了一套《成吉思汗》的电视连续剧，既然是用影像来重现历史，其中不免有想象与杜撰的成分，但是有两个片段却深深地感动了我。

一个片段是，成吉思汗虽是历史上开疆拓土的霸主，却不免要面临人间的悲喜哀乐。他有过丧父之痛、失妻之苦、丧子之哀，还经历了身世如谜的煎熬。每当他经验到种种人世的苦痛就发动战争，他说："只有战争才能医治我的伤痕。"他每次领兵出征总是在最前线，拼命奋战，百折不回。我们看到他东讨西征南战北伐，勇不可当。事实上追根究底，却是在忘记自己所受的创伤。晚年统一蒙古以后，他志得意满。有一次打猎时追一头小鹿，竟从马上跌了下来，他禁不住感慨地对随从说："对别人说成吉思汗打猎时跌落马背，天下无人能信。"

另一个片段是，成吉思汗幼小时策马关外，常常远望着如一条长龙的长城。他发下誓愿，有一天一定要策马跨过长城。有好几次，他在极远的地方拉满弓箭，往长城射去。一二一一年，成吉思汗终于成功跨越长城。这时成吉思汗已经年老，他于一二二七年在攻打西夏的途中因病死去；为了不影响军心，尸体暗中运回蒙古，沿途知道成吉思汗死去的商旅全被杀死，以免消息外泄。

依照蒙古的风俗，人是大自然的一部分，尸体埋葬后，要用马匹踩平掩盖的黄土，于是人就化成大漠黄沙中的烟尘。成吉思汗也不例外，到今天还没有人能找到他埋骨的所在。一杯黄土一杯酒，历史上最伟大的战争英雄恰是如此，连一块墓碑也未曾留下。

其实，不仅成吉思汗有跨越长城的心愿，凡是居住在关外的民族，远望巍巍长城，无不兴起跨城的雄心。自从秦朝修建了长城，一直到清朝的整条历史纵线，大部分的战争都是"城里城外"的争战，中土的龙城飞将出城北伐，塞外的胡马匈骑一再攻城南犯，无一不是因为长城的神秘隔开了土地。城外的人有着江南的美梦，城内的人则希望有更大的藩属。

这样说起来，"万里长城"不仅是历史上一个具体可见的事实，它还是一个心灵的情结，即以成吉思汗而言，他的攻城对当时蒙古人的生活改善并没有什么影响，因为他征战如探囊取物，四方臣服，原不必一定灭辽取金。他所以不得不攻城，心理上的雄心可能还大于实际上的利益。成吉思汗顺利跨越长城，满足了他的蒙古祖先一直不能达成的梦想，是一种情结的解脱。

中国历来的英雄豪杰，心灵上都不免有情结，希望振衣昆仑之巅，濯足扶桑之余；希望看天山融雪灌田畴，大漠飞沙旋落照。于是长城内外，数不尽历代燕赵慷慨之士的高歌，同时，也数不尽满地的烽烟泣血。这，全都是因为有一种长城的情结。

有一首歌，中国人没有不会唱的："万里长城万里长，长城外面是故乡……"歌声可以豪迈雄长，也可以哀怨低回。我小时候唱这首歌时，觉得苏武牧羊时只要改动一个字就可以了："万里长城万里长，长城外面思故乡……"始知一城之隔，心情可以天差地别。

明朝消灭元朝以后，蒙古人退回城外。为了防止蒙古人再跨城而来，从建朝第一年开始，竟花了一百多年的时间重筑长城，并研究技术，改用砖石砌筑、石灰砌缝，使长城更加坚固。算起来，从公元前五世纪到十七世纪中叶明代末年，前后修筑了两千多年，也就是说，中国人背负这个"情结的城"已经有两千年以上的历史了。

我说长城是中国人的历史、情结、象征与图腾，直到如今我们谈中国，不能没有长城。即使是外国人谈中国，也不能不谈长城。细细想来，这里面有很浓厚的因素，因为它不仅具有城之实像，也有城的心像。

想起成吉思汗幼时向长城射箭的身姿，也想起他跨过长城以后的表情，我深深地动容了，因为每个人的心里，又何尝没有一个城的情结呢？这城不一定是万里长城，好名的人有名的长城，求利的人有利的长城，然后不断地去跨越。我认识一个朋友，他拥有价值几千万的企业，却还拼命地工作。我说："你求的是什么呢？"他说："我希望使我的企业突破一亿交易额。"——那就是他心里的长城，他这一生都以此为背负，有幸的话可能达到，不幸的话就将令他郁郁以终。成吉思汗也是如此，他背负的是一个疆土的长城。

我们常常觉得小孩子可爱，因为他们有喜有嗔，但是他们还没有为自己建立一个长城，也未准备着跨越，所以他们天地广阔，充满了未来的可能。我们常感到出家或隐居的人可敬，因为他们历经人世波折，终于看破了一条长城，可以不喜不忧。

然而心中有一条坚固的长城、雄心万丈的跨越者，充满了挑战的气息与行动的美学，仍是令我们肃然起敬的。长城的万里之长，长城的坚实高大，更使他们的人生充满实质的意义。如是，我们生命的周围才形成各种不同的风采，而我们久远的历史也才满溢着壮怀的呼吸。

　　只是，历史上最伟大的城之跨越者成吉思汗，不免客死异乡，身随尘土，这样想，所有城的情结都蒙上了一层淡淡的迷思。世上有永恒之城，却没有永恒的跨越了。

一九八四年二月八日

第六辑

总有群星在天上

东方不败与独孤求败

让｜人｜生｜无｜忧

　　最近，被儿子拉去看徐克导演的《东方不败》。儿子是徐克迷，凡是徐克的电影都要去看，我去看"东方不败"则是对金庸的兴趣大过徐克。

　　看完《东方不败》之后，心里颇有一些迷思。想起影评人景翔说的："《东方不败》之前标明改编自金庸的小说，其实应该改为'改自金庸武侠小说的标题和人名'，因为这部电影从头到尾，不论情节、人物，都已经与金庸无关了。"至于电影音乐为什么还是《笑傲江湖》的那一首，从开始到剧终，景翔的说法是："因为黄霑还没有想出新的曲子。"

如果把《东方不败》和金庸的小说抽开，那还是一部好看的电影。声光、摄影的品质都在一般电影之上，节奏之快速、武功之离奇也维持了徐克的一贯风格。

如果要把电影和小说一起看，金庸的小说还是比徐克的电影要有人文精神。想到十几年前，因为这部书里有"东方不败"样的人物、"葵花宝典"这样的武功、"教主洪福齐天，万岁、万岁、万万岁"这样的讽刺，小说甚至在台湾被禁止出版。

想到十几年前，读金庸的小说像是读鲁迅的小说，由于被禁，读起来既紧张又兴奋。我读的第一部金庸小说是《射雕英雄传》，还是香港的版本，是香港朋友想尽办法才夹带进关的。

大凡金庸的小说都有启示性，像"东方不败"就是一个很好的例子。为了练就绝世武功、一统天下，他不惜自宫，练功练到最后竟性格大变，男女难分。他的一生都从未失败过，一直到死前的那最后一战才失败，而一败则死。

这使我们思考到，失败在一个人生命中的意义。人生里不免遭逢失败，那么，我们宁可在失败中锻炼出刚健的人格。也不要由于永不失败而造成一个高傲、残缺、暴戾的人格。一个自认为永不失败的人，到最后由于措手不及，那失败往往是极端惨痛的。因此"东方不败"这样的人物只是一个象征，象征我们处在逆境的时候应有一种坦然的态度。金庸先生写这一人物深彻骨髓，使我确信他一定是深沉了解痛苦的。徐克的电影，则遗憾的是没有这样的人文性。

在金庸小说里，除了"东方不败"，还有一位"独孤求败"令人印象深刻。独孤求败因为武功太高了，从来没有失败过，使他非常痛苦，到处去与人比武，求败而不可得，一生为此而终日郁郁。失败对他来讲竟是如此珍贵，听到天下有武功高的人，甚至愿意奔行千里，去求得一败。

"一生得不到失败，竟是最大的失败"，这是金庸为独孤求败赋予的寓意。我们生命历程的失败近在眼前，往往避之唯恐不及，独孤求败的失败则远在千里，求之而不可得之。

失败对于生命，有如淤泥之于莲花，风雨之于草木，云彩之于天空，死亡之于诞生。如果没有失败的撞击，成功的火花不会闪现；没有痛苦悲哀，怎么能显现快乐与欢愉的可贵？如果没有死亡，有谁会珍惜活着的价值和意义呢？

金庸另一个小说人物老顽童周伯通，由于武功太高了，没有对手，只好每天用自己的左手打右手，感到人生单调，而游戏人间。

我想到，最好的人生是五味俱全，有苦有乐、有泪有笑、有爱有恨、有生有死、有低吟有狂歌、有振臂千仞之刚也有独怆然而泪下，酸、甜、苦、辣、咸，此起彼落。想一想，如果面对一桌没有调味的菜肴，又如何会有深沉的滋味呢？

永不失败的生命与永远在求取失败的生命一样，都将走入偏邪的困局，东方不败与独孤求败正是如此。

水清无鱼、山乱无神，让我们坦然于生活里的痛苦与失败，因为这正是欢喜与成功的养料。没有比这种养料对于人格的壮大、坚强、圆满更有益的了。

我们独饮生命的苦汁，那是为了唱出美丽的高音。我们在失败时沉潜，是为了培养在波涛中还能向前的勇气呀！

情困与物困

我有一个朋友，爱玉成痴。

他不管在何时何地见到一块好玉，总是想尽办法要据为己有。偏偏他又不是很富有的人，因此在收藏玉的过程中，吃了许多的苦头，有时到了节衣缩食、三餐不继的地步。

有一回，他在一个古董商那里见到了一个白玉狮子，据说是汉朝的，不论玉质、雕工全是第一流的。我的朋友爱不忍释，工作也不太做了，每天都跑去看那块玉。看到眼睛都发出红火，人被一团火炙热地包围。

他要买那块玉，古董店的老板却不卖。几经折腾，最后，我的朋友牺牲了他所居住的房子，才买下了那个白玉狮子，租住在一个廉价的住宅区内。

他天天抱着白玉狮子睡觉，出门时也携带着，一遇到人就拿出来欣赏。自己独处的时候，也常常抚摸那座洁白无瑕的狮子或望着它发呆。除了这座狮子，他身上总随时带着他最心爱的几件收藏。有时候感觉遇到一个男子，他能从口袋里、腰带间、皮包内随时掏出几块玉来，真是不可思议的事。

他玩玉到了疯狂的地步，由于愈玩愈精，就更发现好玉之难求，因为好玉难求，所以投入了全部的家当。幸好他是个单身汉，否则连老婆也会被他当了。到最后，他房子也卖了，车子也没了，工作也丢了，为什么丢掉工作呢？说来简单："我要工作三年，才能买一件上好的玉，这样的工作不做也罢了！"

朋友成为家徒四壁的人，每天陪伴他的只有玉了。后来不成了，因为玉不能吃，不能穿，只好把他最心爱的玉里等级比较差的卖给别人。每卖一件就落一次泪，说："我买的时候是几倍的价钱，现在这么便宜让给别人，别人还嫌贵。"

有一次，他租房子的房东逼着要房租，逼得急了，他一时也找不到钱，就把白玉狮子拿了出来，说："这块玉非常地名贵，先押在你这里，等我筹足了房钱，再把它赎回来。"可惜他的房东是个老粗，对他说："俺要你这臭石头干吗！万一不小心打破了还嫌烦呢！你明天找房钱来，不然我把你丢出去！"

朋友对我讲这个故事的时候，泣不成声。在痴爱者眼中的白玉狮子是无可比拟的，可以用房子去换取，然而在平常百姓的眼中，它再名贵，也只是一块石头。

有一次我在台北"故宫博物院"看玉的展览，正好遇到了乡下的一个旅行团，几个乡下的欧巴桑看玉看得饶有兴味。我凑过去，发现她们正围着那个最有名的国宝"翠玉白菜"观看，以下是她们对话的传真：

"哇！真巧，雕得和真的白菜一模一样，上面还有一只蚱猴呢！"

"这个刻得那么像，一个大概是值好几千块吧！"

一位看起来是权威人士的欧巴桑说："你不识字兼不卫生，什么好几千，这一个一定要好几万才买得到！"

我把这个故事说给朋友听，他因此破涕为笑，我说："你看'故宫博物院'的好玉何止千万块，尤其是小品珍玩的部分，看起来就知道曾有一个爱玉的人在上面花下无数的心血。可是他死的时候不能带走一块玉，我们现在看那些玉，也不能知道它曾经有过多少主人。对于玉，能够欣赏的人就算拥有了，何必一定要抱在手里呢？佛经里说'智者金石同一观'就是这个道理。

"爱玉固然是最清雅的嗜好，但一个人爱玉成痴，和玩股票不能自拔，或沉迷于逸乐又有什么不同呢？"

朋友后来彻底地觉悟，仍然喜欢着玉，却不再被玉所困，只是有时他拿出随身的几块玉还会感慨起来。

物固然足以困人，情更比物要厉害百倍。对于情的执迷，为情所困，就叫"痴"。痴是人世间的三毒之一（另外两毒是贪与嗔），情困到了深处，则三毒俱现，先是痴迷，而后贪爱，最后是嗔恨以终。情困是一切烦恼的根源，没有比这个更厉害了。

被情爱所系缚，被情爱所茧结，被情爱所迷惑，被情爱所执染，几乎是人间不可避免的。但当情爱已经消失的时候，自己还系缚茧结自己，自己还迷惑执着自己，这就是真正的情困。

有一次我遇到一位中年的妇女，她的朋友都已经儿女成群，可是她没有结婚，没有结婚的理由很简单，因为她忘不了二十年前的一段初恋。

她的初恋有什么不凡吗？为何她不能忘却？其实也没有，只是一个少男一个少女在学校里互相认识了，发誓要长相厮守。最后这个男的离开了，少女独自过着孤单的心灵生活，一过就是二十年。

这么普通的故事，她也说得眼泪涟涟。接着她说："不过，这些都已经是过去的事了。"

我说："在时间上，你的故事已经过去，实际上一点也没有过去，因为你的心灵还被困居在里面。到什么时候才算过去呢？就是你想起来的时候，充满了包容和宽谅，并且不为它所烦恼，那才是真正过去了。"

"做得到吗？"

"做得到的。在这个世界上为情沉溺的人固然很多，但从沉溺中走到光明的岸上的人也不少。因为他们救拔了自己，不为情所困。"

我把情说成是沉溺，把救拔说成是走到光明的河岸，是有道理的。我们在祝福一对新人时，最常用的一句话是"永浴爱河"。

"爱河"的譬喻出自《华严经》，《华严经》上说："随生死流，入大爱河。"为什么说是爱河呢？由于爱欲和河一样具有三种特性，一种是容易使人沉溺，不易自拔。第二种是爱欲的心就像河水一样，能浸染入最深的地方，例如我们用铁锤击石，石头会碎裂，但不能击碎每一个分子，可是如果我们把石头丢入河里浸染，它可以湿濡石头的任何一个分子，年深日久甚至把它们分解成粉末。第三种是难以渡越，不管是贩夫走卒，王公将相，都无法一步跨到河的对岸，同样，要一步从情爱的束缚中走过也非常不易。

我想起《杂阿含经》里记载的一个故事。有一次释迦牟尼对弟子说法，他问他们："你们认为是天下四个大海的水多，还是在过去遥远的日子里，因为和亲爱的人别离所流的眼泪多呢？"

释迦牟尼的意思是，从遥远的过去，一生而再生的轮回里，在人无数次的生涯中，都会遇到无数次离别的时刻，而流下数不尽的眼泪。比起来，究竟是四大海的海水多，还是人的眼泪多呢？

弟子回答说："我们常听见世尊的教化，所以知道，四个大海总量的和，一定比不上在遥远的日子里，在无数次的生涯中，人为所爱者离别而流下的眼泪多。"

释迦牟尼非常高兴地称赞了弟子之后说："在遥远的过去，在无数次的生涯中，一定反复不知多少次遇到过父母的死，那些眼泪累计起来，真不知有多少！在遥远的无数次生涯中，反复不知多少次遇到孩子的死，或者遇到朋友的死啊！或者遇到亲属的死啊！每一次为所爱者的生死离别含悲而流的眼泪，纵是以四个大海的海水，也不能相比啊！"

这是多么可叹可悲，人因为情苦与情困，不知道流下了多少宝贵的泪珠。情困如此，物困亦足以令人落泪，束缚在情与物中的人固然处境堪怜，究竟不能算是第一流人物。什么是第一流人物呢？古人说："岭上多白云，只可自怡悦，不堪持赠君。"自是第一流人物。

第一流的人物看白云虽是至美，却不想拥有，只想心领神会，这是多么高的境界。当我们知道其实在今生今世，情如白云过隙，物则是梦幻泡影，那么还有什么可以抱老以终的呢？

第一流人物犹如一株香花，我们不能说这株花是花瓣香，也不能说是花茎香；我们不能说是花蕊香，也不能说是花粉香；当然不能说是花根香，也不能说是花叶香……因为花是一个整体，当我们说花香时，是整株花的香。困于情物的人，往往只见到了自己那一株花里一小部分的香，忘失了那株花，到后来失去了自己，因此，这样的人不能说是第一流的人物。

第一流的人物，不在于拥有多少物，拥有多少情，而在于能不能在旧物里找到新的启示，能不能在旧情里找到新的智慧，进出无碍。万一不幸我们正在困局里，那么想一想：如果我是一只蛹，即使我的茧是由黄金打造的，又有什么用呢？如果我是一只蝶，身上色彩缤纷，可以自在地飞翔，则即使在野地的花间，也能够快乐地生活，又哪里在乎小小的茧呢？

可叹的是，大多数人舍不得咬破那个茧，所以永远见不到真正的自我、真正的天空。

一九八五年六月一日

时间之旅

让人生无忧

在李维的大学毕业典礼上，一名神秘的老妇人送给李维一只金表，并对他说，"我在等着你"，便自人群中消失。经过多方查访，李维找到该老妇的住处，老妇却已在他毕业典礼当晚逝世。

八年后（一九七九年），李维成为剧作家。有一天，他前往一座老式的旅馆度假。在大厅里，他看到一张摄于一九一二年的女明星肖像。李维查询之下，才知道这位六十年前如花似玉的美女，竟然是八年前送他金表的神秘老妇人。

为了实践八年前"我在等着你"的誓约，李维用自我的意志催眠，终于回到一九一二年，与年轻时代的珍·西摩尔发生一段缠绵悱恻的爱情。超越了六十年的时空，爱情随着时空的转换散发出震慑人的光芒。

结局是，李维无意间从衣袋中掏出一枚一九七九年的银币，时光即刻向前飞驰六十年。风流云散，一场以真爱来超越时空的悲剧终于落幕。

这一段故事是电影《似曾相识》（*Somewhere in Time*）的本事。情节单纯动人，但是其中却有一个非常复杂的问题，就是"爱情"与"时间"的问题。故事一开始几乎是肯定"真爱"可以超越"时间"的限制，让观众产生了期待；结局却是，真爱终于敌不过时间的流逝，留下了一个动人心魄的悲剧。

"爱情是可以突破时间而不朽的吗？"这是千古以来哲学家和文学家的大疑问，可是在历史中却没有留下确切的解答。我们每个人顺手拈来，几乎都可以找到超越时空之流的爱情故事：莎士比亚笔下的《罗密欧与朱丽叶》，曹雪芹笔下的贾宝玉与林黛玉，小仲马笔下的亚芒与玛格丽特，沈三白笔下的芸娘，歌德笔下的夏绿蒂，甚至民间传说里的白娘子和许仙、梁山伯与祝英台……可以说是熙熙攘攘，俯拾即是。

问题是，这些从古破空而来的不朽情爱，几乎展现了两种面目，一种是悲剧的面目，是迷人的，也是悲凄的；一种是想象的面目，是空幻的，也是绝俗的。人世间的爱情是不是这样？答案自然是否定的，我们假设人间有"美满"与"破碎"两种情爱，显然，美满的爱情往往在时空的洗涤下消失无形，而能一代一代留传下来、惹人热泪的情爱则常常是悲剧收场。这真应了中国一句古老的名言"恩爱夫妻不久长"。

留传后世的爱情故事都是瞬间闪现，瞬间又熄灭了，唯其如此，他们才能"化百年悲笑于一瞬"，让我们觉得那一瞬是珍贵的，是永恒的。事实上"一瞬"是否真等于"永恒"呢？千古以来多少缠绵的爱侣，而今安在哉？那些永世不移的情爱，是不是文学家和艺术家用来骗向往爱情的世人呢？

夏夜里风檐展书读，读到清朝诗人贺双卿的《春从天上来》，对于情爱有如此的注脚：

> 紫陌春晴，漫额裹春纱，自饷春耕，小梅春瘦，细草春明。春日步步春生。记那年春好，向春燕，说破春情。到于今，想春笺春泪，都化春冰。
>
> 怜春痛春春几，被一片春烟，锁住春莺。赠予春侬，递将春你，是侬是你春灵。算春头春尾，也难算，春梦春醒。甚春魇，做一场春梦，春误双卿！

　　这一阕充满了春天的词，读起来竟是蛾眉婉转，千肠百结。贺双卿用春天做了两个层次的象征，第一个层次是用春天来象征爱情的瑰丽与爱情的不可把捉。第二个层次是象征爱情的时序，纵使记得那年春好，一转眼便已化成春冰，消失无踪。

　　每个人在情爱初起时都像孟郊的诗一样，希望"心心复心心，结爱务在深""坐结行亦结，结尽百年月"，到终结之际则是"还卿一钵无情泪""他年重拾石榴裙"（苏曼殊）。

　　种种空间的变迁和时间的考验都使我深自惕记。如果情爱是一朵花，世间哪里有永不凋谢的花朵？如果情爱是绚丽的彩虹，人世哪有永不褪色的彩虹？如果情爱是一首歌，世界上哪有永远唱着的一首歌？

　　在渺远的时间过往里，"情爱"竟仿佛一条河，从我们自己的身上流过，从我们的周遭流过，有时候我们觉得已经双手将它握实，稍一疏忽，它已纵身入海，无迹可寻。

　　这是每一个人都有过的凄怆经验。即使我们能旋乾转坤，让时光倒流，重返到河流的起点，它还是要向前奔泻，不可始终。

　　对于人世的情爱我几乎是悲观的，这种悲观乃是和"时间"永久流变的素质抗衡而得来。由于时时存着悲观的底子，使我在冲击里能保持平静的心灵。既然"情爱"和"时间"不能并存，我们有两个方法可以对付：一是乐天安命，不以爱喜，不为情悲。

二是就在当时当刻努力把握，不计未来。会心当处即是，泉水在山乃清。只要保有当处的会心，保有在山的心情，回到六十年前，或者只是在时序推演中往前行去，又有什么区别呢？"时间之旅"只是人类痴心的一个幻梦吧！

让
人
生
无
忧

听说有一家比萨店，顾客一坐下来点菜，只要超过五分钟没送来，就完全免费招待。孩子感到好奇，一直吵着去吃。

我们去的时候完全没有想到的情况是，餐厅客人大满，等了半小时才有空位。果然，餐单印着"五分钟尚未上菜免费招待"。点完菜，孩子开始计时，不到四分钟就送来了，效率真是快得惊人。

但是，我立刻想到，为了赶这五分钟，我们坐了四十分钟的计程车，排队等候座位花去半小时，吃完饭还要花至少三十分钟回家。在餐单上五分钟的快速保证，每一分钟里都有二十分钟的代价。

这是现代人为了结局快速而轻忽过程的一个活生生的例证。我们赶着在五分钟上菜的心情，促使速食面、速食咖啡、速食餐厅大行其道。不仅在五分钟里做完菜，还希望不管做什么都不要超过五分钟。于是有了微波炉，尽管微波食品在做菜过程中毫无乐趣，微波食品的滋味也普通，但我们也只好使用，为了节省另外的五分钟。

不只是吃饭的五分钟，做其他事时，我们也要维持在每一秒钟操控局面或被操控。于是有了传真机、呼叫器、移动电话、电脑连线。为使目标立即呈现，我们做了许多遥控器，电视、音响、灯光、冷气，大部分电器都附有遥控器。谁家的客厅桌子上，现在不是摆了一堆遥控器呢？

我们拼命把时间省下来，理论上时间增加了，实际上，我们在过程上所花费的时间还是惊人的。那种情形，就像电影大师蒙太奇之父爱森斯坦说的："许多人都以为悲剧使我们流泪，其实不然，是因为我们有流泪的需要，这世界才产生悲剧。"

为了结局所产生的时间压缩，不仅未能使我们有更多空间来悠然生活，反而使我们更忙碌、烦恼、烦躁与不安，在暗地里付出更大的代价犹不自知。

这些代价中最大的是，由于拼命想主控外境，反而终日被外境所转，失去敏于深思反省的气质。大部分人一整天在压缩的时间下生活，回到家立刻累倒了，哪有时间思维，做心灵更深刻的开发呢？

其次，生活逐渐分成两边，一边是像吃饭这么"无用"的事物，甚至不肯花超过五分钟来等待，这已经不叫"吃饭"而叫"填鸭"。另一边则是充满快节奏的名利权位的诱引，整天奋力搏战，大部分人已经不知道放松、舒坦、从容是什么滋味了。

我们的生活如此紧张，所压榨出来的时间做什么用呢？用来"无聊"，用来"烦恼"，用来"比较"，用来"计划生涯"，计划怎么走向明日更忙碌的生活里去。

从一个更大的观点来看，生活中实在没有绝对必要的追求。那些在俗眼中绝不可缺的东西，在慧眼里看来都是浮沤泡沫一般的东西。那些自以为做着惊天动地的事业的人，有一天老了、死了，世界依然向前滚动。那些在呼叫器、移动电话里的催魂铃声，没有一声可以解决生命的困局。

打开生命的绳结，最好的方法是把时间与空间同等对待，打破过程与结局的界限，使从容与效率一样重要，也就是回到眼前来，使每一刻都变得丰盈而有价值。在这一点上，从前禅师说的"活在当下""活在眼前""看脚下""喝茶去""吃粥也未？""吃饭时吃饭，睡觉时睡觉"已经有很好的见解了。

台湾乡下有一句俗语说：

> 会吃才会大，会消才会活；
> 会爬才会跑，会困才会做。

这是认识到平等观照生活而生出的智慧之语，吃饭是重要的，它滋养色身使我们长大，但比吃饭更重要的是排泄，一天不吃喝不会怎样，一天不排泄就完蛋了。会跑是重要的，但跑的方法始于爬行。会做是重要的，睡觉却比会做更要紧，铁打的身体三天不睡，也就委顿了。

由生活平等的智慧而产生一句更值得思考的话："吃饭皇帝大。"

意思是吃饭这件事的重要性胜过皇帝，因为从前的农村生活需要气力，力气的来源还是食物的补充，因此把吃饭看得比任何事都重要。即使是皇帝的圣旨驾到，也要等吃过饭再说。

我想起从前割稻的农忙时节，其紧张的状况并不亚于现代人的奔忙，吃饭与点心都是在收割稻田的过程中进行。每当热腾腾的饭菜从家里挑来，大家就会互相吆喝："来啊，吃饭皇帝大。"然后大家或坐或蹲在田岸吃饭，那样专心与陶醉地吃饭，使我每次回想都感到动容。那种生活里单纯的渴望，在工作与吃饭过程中同等专注的态度，在现代社会已经逐渐被遗忘了。

还有一句大家都知道的"歹竹出好笋"，现在被一般人解释为坏的父母也可能生出好子孙。其实种过竹笋的人都知道原意不是这样，是指如果要竹笋长得好，就要砍掉一部分的杂枝，竹笋才会有足够的养料，"歹"是动词，有"砍"的意思。

我把"歹竹出好笋"解释为，一个人一定要下决心砍除生活中繁复的杂枝，才会长出好的智慧芽苗。维持生活的单纯与专注，是提升慧心最好的方法。

不仅慧心来自每一刻充盈的对待，生命中有情的态度、感恩的胸怀、广大的包容之心都可能来自步步莲花般的从容。

这种在每时每刻都以全部心情融入的境界叫作"通身是手眼"；叫作"一月普现一切水，一切水归一月摄"；叫作"好雪片片，不落别处"；叫作"五月松风，人间无价。柳绿花红，江山满目"……

我很喜欢白隐禅师的说法，有学僧问他："为什么说'毛吞巨海，芥纳须弥'？"

他说："清茶一杯，煎饼一只。"

法身无相，法眼无瑕。一个人如果能在一杯清茶、一只煎饼中体会生命真实的滋味，随时保有横亘十方、纵横三际的气势；行于所当行，止于不可不止的胸襟，那么，生活从容一些、情感单纯一些、追求减少一些、效率舒缓一些，又有何妨？

射出去的箭

　　旧时在乡间，我亲手种植过的两种植物常常给我很深刻的启示。

　　一种是竹子，一种是香蕉树，这两种植物都是靠着从根部长出的芽来繁殖的。竹子旁边长出的竹笋，通常要八到十年才会成熟。当一株母竹长出幼苗的时候，为了让幼苗有自己的天地，长得高、长得好，就要通过移植，将幼苗移开母竹，另外找一块土地栽种它。

　　香蕉树又不同，一株香蕉只能结一次果。收割香蕉的时候，就顺便将母株砍断，保留它根部的幼苗，死去的母株则成为幼苗最好的肥料；如果不砍断母株，那幼苗就难以长大，难以结出更好的香蕉。

大自然的生灭及转换，全是经过这样的过程，所有会结果的植物，它的果必然是从母株脱落后才能在土地上重生。如果它留在树上，永远只是个果，不能长得像它的父母一样高大。

这些果，有时是和母体的根部相连，有的是在母体附近，另有一些繁殖力更强的植物，它们的种子会飘向更远的地方，像蒲公英的种子、棉花的种子、银合欢的种子，在强风的吹袭下，往往会飞到几里甚至几十里外的地方。假如飘进河里，它可能流到另外的国度。

虽然植物的孩子们离开了母亲可能枯萎，也可能毁灭，但它如果不离开母亲，就永远没有新的生机。从更大的角度来看，植物的孩子并不属于母亲，而属于大地。

动物也是如此。强大如狮子、老虎，固然是年幼时期就要各自独立，弱小如兔子、鸟雀，也不能永远在父母的羽翼之下。离开父母的动物有两个下场：一是不能独立而失败，一是自己发展而茁壮。倘若它不肯离开，就只有前面一种下场。

动、植物是不是深明这个道理，我不知道，但这是自然的演变与进化，则是无可置疑的。

我不明白的是，为什么自喻万物之灵的人，有许多人总不能体会这个道理。父母都害怕子女有一天会离开他们，都希望他们继承家业。因此，在子女幼小的时候，我们就为他们规划好了日后的路，期待他们往那划定的方向走；有的寄望他们走我们走过的旧路，有的企求他们完成我们未尽的理想。

这些既定的路是违反自然的，于是悲剧就不断地发生。像逼迫孩子考大学，不顾孩子的兴趣，孩子为了反抗而自杀。像反对儿子的婚姻，致使情爱生变，儿子纵火杀人了。像对小孩的期望太高，他无力达成，为了自求毁灭而抢劫了银行。这都是最近的社会新闻。在实际的人生中，亲子两代的问题更不知凡几。可叹的是，悲剧的肇因是父母不肯让小孩选择自己的路。当我看到悲剧发生后，父母们悔恨痛苦地流泪，不知何以自处的时候，就觉得在这一方面，人实在不如一株小小的蒲公英。

每一只野鸽子都有它自己的黄昏，为什么父母一定要为孩子决定自己承受过的迟暮景色？每一株野百合只开百合花，为什么有的父母希望在野百合的株上开出蝴蝶兰呢？父母有什么权利为孩子决定他的大学、他的婚姻、他的事业、他的一生，难道他们有能力伴随他度过整个生命历程吗？

我想起多年以前读过一本纪伯伦的《先知》，里面有关于"孩子"的一章，他说：

你的孩子并不是你的。

他们是"生命"的子与女，产生于"生命"对它自身的渴慕。

他们经你而生，却不是你所造生。

虽然他们与你同在，却不属于你。

你可以给他们你的爱，却不是你的思想，

因为他们有他们自己的思想。

你可以供他们的身体以安居之所，却不可锢范他们的灵魂。

因为他们的灵魂居住在明日之屋，甚至于你在梦中亦无法探访。

你可以奋力以求与他们相像，但不要设法使他们肖似你。

因为生命不能回溯，也不滞恋昨日。

你是一具弓，

你的子女好比有生命的箭，借你而射向前方。

我觉得纪伯伦的《先知》中谈孩子谈得最好，天下望子成龙的父母都应该一读。我们造一支好箭要花费很多的时间，我们射箭的时候要用很大的力气。但是我们既造了箭，如果不射出去，再好、再精致的箭又有什么用呢？

大自然的启示是无穷的，所有动、植物的孩子都是"大地之子"，而不是属于他们的父母；所有的孩子都是为了明日而生，不是为父母的过去而生。我们宁可让他们在挫折与磨炼中成长，也不要让他们成为温室中的小花。

有哪一种动、植物的父母，会为他的孩子找好落地的地方呢？

一九八三年七月二十七日

这一站到那一站

让人生无忧

　　最近在搬家，这已经是住在台北后的第十次搬家了。每次搬家就像在乱阵中杀出重围一样，弄得精疲力竭。好不容易出得重围，回头一看，早已尸横遍野，而杀出重围也不是真的解脱，是进入一个新的围城并清理战场了。

　　搬家，真是人生里无可奈何的事，在清理杂物时总是面临舍与不舍、丢或不丢的困境，尤其是很多跟随自己许多年的书，今生可能再也不会翻阅；很多信件从少年时代保存至今，却已是时光流转，情境不再；许多从创刊号保留的杂志，早已是尘灰满布，永远不会去看了；还有一大堆旧笔记、旧剪贴、旧资料、旧卡片，以及一些写了一半不可能完成的稿件……每打开一个柜子，都是许多次的彷徨、犹豫、反复再三。

好不容易下定决心，把不可能再用的东西舍弃，光是纸类就有二百多公斤。卖给收旧货的人，一公斤一元，合起来正是买一本新书的钱。

还舍弃一些旧家具，送给需要的朋友。

由于想到人生里没有多少次像搬家这样，可以让我们痛快地舍弃，使我丢掉了许多从前十分钟爱的都是不能用金钱衡量的东西，一些成长的纪念。拢拢总总，舍掉的东西恐怕能装一部货车那么多。

即使是这样，这次搬家还是动用了四部货车才运载完毕，使我想起从前刚到台北，行李加起来只有一个旅行袋。后来搬家，是一个旅行袋加一个帆布袋，学校毕业时搬家竟动用了一部小发财车，当时已觉得是颇大的背负了。

幸好去服了兵役。第二次回到台北，又是一只旅行袋。然后路愈走愈远，背的东西也日渐增加。虽然经常搬迁、舍弃，增加的东西却总是快过丢的速度。有时想起一只旅行袋走天下的年轻时的身影，心中不免感慨，那时身无长物，只有满腔的热血和志气。每天清晨在旅行途中的窗口看见朝日初升，总觉得自己像那一轮太阳。现在放眼四顾，周围堆满了东西，自己青年时代的热血与壮志是不是还在呢？

在时光的变迁中，有些事物在增长，有些东西在消失，最可担忧的恐怕是青春不再吧！许多事物我们可以决定取舍，唯有青春不行，不管用什么方法，它都是自顾自行走。

记得十年前一个寒冷的冬天，我住在屏东市一家长满臭虫的旅店。为了想看内埔乡清晨稻田的日出，凌晨四点就从旅店出发。赶到内埔乡天色还是昏暗的，我就躺在田埂边的草地等候，没想竟昏沉沉地睡去，醒来的时候日头已近中天。

我捶胸顿足，想起走了一个小时的夜路，难过得眼泪差一点落了下来。正在这时，我看到田中的秧苗反映阳光，田地因干旱而显出的裂纹，连绵到远天去，有非常之美，是我从未见过的景象。立即转悲为喜，感觉到如果能不执着，心境就会美好得多。

那时一位农夫走来，好意地请我喝水。当他知道我来看日出的美景时，抬头望着天空出神地说："如果能下雨，就比日出更美了。"我问他下雨有什么美？他说："这里闹干旱已经两个月了，没有下过一滴雨，日出有什么好呢？"我听了一惊，非常惭愧，以一种悔罪的心情看着天空的烈日，很能感受到农夫的忧伤。

后来，我和农夫一起向天空祈求下雨，深切地知觉到：离开了真实的生活，世间一切的美都会显得虚幻不实。

假若知道有阳光或者没有阳光，人都能有观照的角度，就知道了舍与不舍，都是在一念之间。

　　不只是搬家，每个人新的一天，都是从这一站到那一站。在流动与迁徙之中，只要不忘失自我，保有热血与志气，到哪里不都是一样的吗？

　　我们现在搬家还能自己做主，到离开这个世界时也是身体的搬家。如果不及早准备，步步为营地向光明与良善前进，到时候措手不及，做不了主，很可能就会再度走进迷茫的世界，忘记自己的来处了。

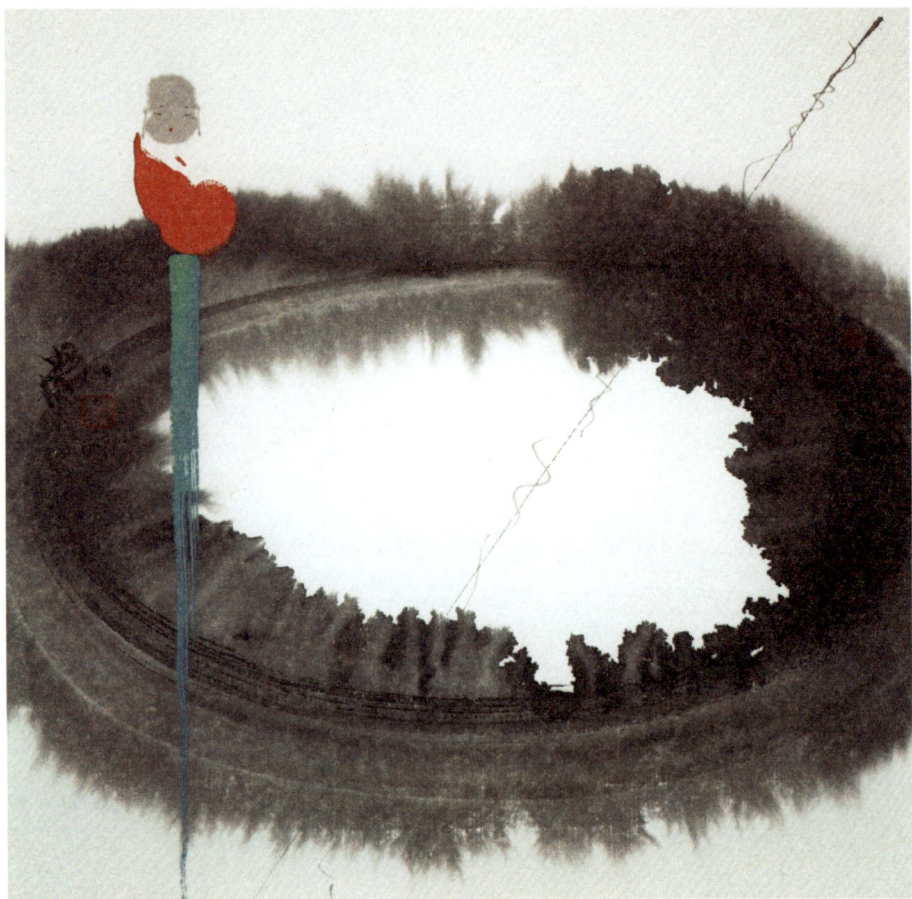

让
人
生
无
忧